魍魎／靈光之書

木焱 著

序／感傷的旅程，荒野地的呼喚

張錦忠

一

二〇〇六年，那是多久以前？二〇〇六年，木焱人在臺灣，給在馬來半島南方的楊邦尼寫信。那一年，他寫了十八封信（email），十七年後，十八封信有了題目，叫「靈光之書」——那個題目令人想起本雅民（Walter Benjamin）的「靈光消逝的年代」。那些電子信箋於是有了新的功能，作為木焱新書《魍魎／靈光之書》的「代序」。

二〇〇六年，楊牧詩集《介殼蟲》出版的年份，木焱在給邦尼的信中哀文學之式微，說市場流於媚俗。他還在寫詩讀詩，還在尋找詩意，對某些詩人「讀不到一種精神，沒有美了」的作品頗有微詞。當然，他指的不是楊牧，他還沒細讀《介殼蟲》。許多年後，二〇二二年，木焱依然堅持「文學創作最大的驅動力是美」，並指責某些學者作家「離美太遠了」。（楊牧詩集出版十六年後，某個冬夜，我找出我的《介殼蟲》，再一次，從〈後序〉讀起，然後駐目詩集裡頭的那首〈介殼蟲〉，眼光聚焦最後一行的「地上一隻雌性蘇鐵白輪盾介殼蟲」；就像我現在從木焱的〈代序〉讀起，然後翻到書稿裡頭的〈魍魎之書〉，跳島般跳過二〇〇六年以後那五年的〈由島至島／島嶼隨筆〉，尋找消逝的靈光）。

那是二〇一〇年了。可是〈魍魎之書〉不就是楊邦尼寫給木焱的信嗎？收在這裡的十一封「魍魎之書」是木焱寫給邦尼的信，而邦尼回覆木焱的信簡，並不在這裡，這裡不見（我們預設曾在、此不在的）邦尼覆函，因此，這些書信不是魚雁往返的兩地書，但也不是胡品清的〈深山寄簡〉那樣的抒情散文體式，而是一面面的單音牆，留下無盡的自由與想像空間，沒有迴響。

二

我要講的，是我對書簡體的話語、現象或空間，以及說話者與受話者問題的勘察。

〈魍魎之書／靈光之書〉的受話者／收信人在哪裡？到了二〇一七年初，人在中國某個城市或小鎮的木焱，寫下本書最後一則書簡，〈時光一粲，我們皆是塵埃〉，依然沒有Dear Benny的回信。只有Dear Benny，沒有Dear Muyan。然而彼時，是的，彼陣時，應當是有的，本書〈後記〉說擱置這個出版計畫的時間是二〇一九年，所以我們假設那一年木焱回到臺北，最後一則信寄出，邦尼也回了信。也許這束寄簡當年在《南洋商報》的〔南洋文藝〕副刊發表時，受話者邦尼也以說話者的身分，送出他的話語，並且期待受話者／收信人木焱收信、覆信，因為這個書寫計畫也有個收信人木焱。讀者會發現，I-You，我——你人稱結構的主客體總已交互重疊如魍魎，在這裡或那裡易位共存。因此，《魍魎／靈光之書》其實不是一本「沒有回信的書信集」。正如木焱在〈後記補遺〉寫道：「正如邦尼在信中所言：我重讀我們的書信……」，邦尼總已「在信中」，邦尼的信一直都在，這些信，總已是「我們的書信」。因此，這是一本沒有回信但其實不是沒有回信的書信集。

不過，如果我們再多想一點，就會發現，覆信中的說話者邦尼不在這裡、不在書裡、不「此在」的同時，受話者木焱也「被」不在這裡、不在書裡、不「此在」了。這是木焱這本書的「書簡體弔詭」——不在場者總已在場，在場者也是缺席者。木焱作為受話者的身分的缺席，一如作為說話者的邦尼的缺席，其實是「在場的缺席」。這許多聲音的缺席，造就了木焱的「荒野地的呼喚」——Dear Benny, Dear Benny……，在山林之間的闇影處迴響，它們就是闇影處的魍魎，是為「魍魎之書」。

另一方面，既然受話者／說話者邦尼或受話者木焱都不在這裡、不在書裡、不「此在」，書信集就不是往返書信集了，甚至也不是書信集。只有說話者木焱的聲音——我們不是習慣用「說話者」來表示一首詩裡頭詩人的假面嗎？木焱本質上是個詩人，從慘綠少年「為賦新詞強說愁」以來，他即「將自我形塑作一名詩人」，書中文字其實多是他的詩路歷程自述，故多談文學，像一段「感傷的旅程」（sentimental journey）。少年時他抄寫泰戈爾的《漂鳥集》、讀巴金，在臺灣或在馬來西亞讀西西《候鳥》、余光中《五陵少年》、白先勇《臺北人》、里爾克《時間之書》、波特萊爾《巴黎的憂鬱》、米蘭．昆德拉、辛波絲卡、周夢蝶、木心、蘇紹連、保羅．策蘭、韓波、狄倫．湯默斯，那幾乎是一份詩人的書單，記述了一個詩人的自我養成的標記，以及詩的啟蒙效用。書簡，正是一種敘述與抒情之間的文類，頗適合詩人木焱用以自述的體式。

三

跳島閱讀的讀者終究還是得回讀先前（因對書簡體的靈光的追尋）跳過的書稿文本。在《魍魎／靈光之書》裡，書簡的語境與回憶文本交錯，文字生活與現實生活重疊。穿插在兩輯書信集之間的是兩輯回憶與鄉愁（「由島至島／島嶼隨筆」與「靈魂的居所」）：他自身離散多鄉的生命經驗，父親的病，以及傷，太婆、外婆、父親等親人之逝。二〇一七年後，寫信的人，一因喪母，一因「被生活瑣事困住無法脫身」，魍魎遂不再隨行，靈光消逝。表面上，這解釋了上述說話者與受話者的在場與不在場問題。不過這只是表象。The real當然不可道。到了寫〈後記〉的二〇一九歲末，魍魎已化而為疫鬼，作祟人間迄今三年，三年以來，時空場景早已面目全非，木焱移除了此曾在的給Dear Muyan的魍魎文字，一再補遺〈後記〉，而且誓言三把火還要燃燒，然後繼續在荒野地呼喚——Dear Benny，以示一本書之終於完成。
是為序，或後序。

——二〇二三年一月十四日　高雄左營

代序／靈光之書——木焱致楊邦尼的十八封emails，二〇〇六

木焱

第一封

今天寫了一篇東西，還沒寫完第三部分，需要小曼的〈兩岸〉歌詞，我上網都找不到，希望你幫我補上。

我的居留證還在官僚的程序中流動著，要下週四才能拿到。這

兩年，我的價值觀改變不少，返臺後要從頭適應，幸有老婆點醒，說我以前不是這樣那樣說的。她的記性真強，我逐漸忘掉。環境改變了人，我不知又不覺，記太多反而是一種累贅。

你還好吧。常遇見局外龍嗎？我想念你們。

第二封

感謝你的幫忙。我這幾天一直在進補，讀那些琳瑯滿目的臺灣書籍，很多是日系小說，還有包裝精美的圖文書。臺灣的純文學已經沒有市場了，那些我們一直以為的文學作家也開始下海撈，寫些媚俗的文章。副刊充斥輕鬆小品、生活日記，某個人的作品結集往往是靠出版社的宣傳撐起來的，像蘇偉貞最新的小說集，我就不覺得怎樣。楊牧出版新詩集了，叫《介殼蟲》，還沒細看。幸好，知識百科類的書籍還編輯得不錯。

畢恆達出了一本《教授沒有教你的事》如何寫論文。我覺得很諷刺，論文不是研究生自己的代誌嗎？還要教授來教你怎麼查資料怎麼寫喔，你看，連老畢都不能避俗寫些賺錢的東西了。他可能覺得好玩吧（一種文化研究），不過我覺得大多數時候是一種無能的表現與支持。我也往往是這樣的，不過我討厭。

第三封

有關女性主義的課題，我的想法是不論拿女人或男人來開玩笑，如果適可而止，是增加情趣，而不會有太大傷害的。

我不喜歡大男人大女人，大家謙虛一點，作個小男人小女人吧！

第四封

遠在南方的你都感覺到赤色熱情了，何況是我?!

我昨晚也在圍城的隊伍中，第一次自由自在地徜徉在原來車水馬龍的中山南路，經過公園路、博愛路、介壽路，一路繞行到臺北車站，把整條忠孝路塞得「滿江紅」。

最近有個怪現象，大家都在挖死文人的私密日記，如張愛玲、邱妙津、夏濟安。已經出版的就重新再版，剛死的馬上來湊熱鬧，沒死的也趕緊出一本，告訴讀者他仍健在，如爾雅出版社的《隱地二〇〇X》、《席慕容二〇〇X》。你的阿晃之書或魍魎之書可要收藏好。

P. S.：黃錦樹評陳大為的文章我上網讀過了，我看也只有好朋友的話，他大概會聽進去。如果陳還是那麼自我，對我來講也沒什麼差別，我不再讀他的詩了，因為他的詩太多文字技巧，讀不到一種精神，沒有美了。

第五封

你的信幾乎和家書同時被打開。已然淡定的心情又被攪起。

當初沒想到做下的決定會有如此影響。人真的都在為別人而活著所以才存在嗎？看到初二（7）班的化學成績只有三人及格，我煞是哀傷，離開前還有一半人數及格呢。

母親大概讀了你那篇〈木焱的招魂術〉，心有戚戚焉，信簡中說飛去的鳥兒不再回來，空留鳥媽媽癡癡地等。寫到去古來家裡黑嘛嘛沒人出來應門，更是鼻酸。

永遠無法討好兩邊的人，我夾在中間。一個人的人生怎麼一下子變成多邊人馬的人生？原本以為可以掌握將來，卻才晃然發現還有許多東西要去突破去學習去提升。我是不是太「博愛」了呀？

秋天到了空氣冷了／心是熱的身體冷了／洗完了惆悵／故事也冷了／你　我

P. S.：那首〈童話不死之獸變〉是少作，當初也許真的讀了蘇紹連的《驚心散文詩》才寫的，有他的影子。當然他寫得好。

第六封

看到你寫孔雀魚生小魚了，很開心。腦海就又浮現某個下午到你家上網。那時三不五時就去打攪你，想說一定破壞了你幾篇正在醞釀的作品吧。

副刊上的文章一些是大學作的，一些是二〇〇五年寫的。真正體會到「賣文為生」，收到的稿費是要給我老媽補貼家用。

近來，讀臺灣三大報的專欄文章，不怎麼「有料」。黃春明、平路、成英姝這些名作家寫起專欄卻無趣得很。馮光遠在《中國時報》的專欄還結集出書了，都是一些輕佻戲耍之文，跟我很像。他們一篇的稿費居然有三到四千塊臺幣。

晚上要去面試一家出版社，為我祈禱吧。中秋佳節愉快。

第七封

辭職的時候還以為可以很快找著工作。後來面試了幾家還是一一被我拒絕了，當時的我真想知道自己在幹什麼？於是日子就晃了一個月，居然也過了中秋節，在岳家親戚面前說還未就業，他們愕然，我滿臉羞赧。詩人的工作，整日發呆。

然後我和靜居然搬來新家了，十四樓的公寓，風景佳，近水岸，有環河步道可以騎腳踏車，四周生活機能完備，上班坐公車搭捷運都很方便。我們苦笑是住在豪宅的沒錢人。

現在的心情好多，每天最開心的事，烹煮三餐，做家務；繼續投履歷好像變成了我唯一的工作。

第八封

我現在落腳在一間傳統公司金美克能，聽過吧?!擔任研究人員，守著一間實驗室，每天閱讀報告，調配玻尿酸保溼乳液，女人的東西；做洗衣乳的各種實驗和洗淨力測試，把自己的過去一次又一次洗淨。

第九封

前陣子，跟怡靜到溪邊撈魚抓蝦。在家裡一個瓷盆造了個小水塘，其實是一窪水。魚兒初初很慌張，毫無游動的沉靜在水裡，了無生氣。後來買了一隻巴西龜，情況更糟，老往沙堆裡鑽。

我每天的工作結束後，回家晚飯，看新聞，讀洗澡劑的專利文章，洗澡，刷牙，看看魚兒，睡覺。週一至週五，這樣的每天，還真是「忙碌」。

「大家都去結婚，唯有他還在參加別人的婚禮。為什麼他不去結婚呢？」這是我寫過的一篇極短篇的大意。所以，我就結婚啦，想是用生活來驗證創作，進一步落實創作生活的現實性。現在回想起來，愚蠢之極。

第十封

今天在公司收到你這封信。心緒也在前往小州Kopitiam（咖啡店）的路上，我開著車，想著會不會遇到你或者局外龍。是要吃雞飯還是乾撈麵？然後開到學校吃風，又繞回古來家中，打開電腦，構思下一篇專欄文章或小說，寫完之後去你家，有斷臂山依傍的二樓，寄信，看魚。桌前放著你遞來的白開水，同現在我桌上那杯一樣清澈，溫情。味道，我喝出不一樣的。

硬是把時空和地域切開，卻又和你們多了個超時空要塞

（email），可以隨時回去，同你們對飲，在那一個晚上的微醺感動重臨。我還在做著反覆洗淨自身的沐浴乳實驗。

第十一封

剛剛母親自盛雨的家中打電來，說哥因為大雨受困車中而尿急，於是水壺成了尿斗。

我這兒寒流稍過，還冷。但已經是可窩心了，尤其又收到你魍魎之書。我快被你書寫成鬼成神，最後是無物，正如我的〈無題〉詩。

一切都好，生活上了軌道。離了創作的經緯，飄邈在凡塵。心安／於是／體胖。

昨晚在板橋縣政府看歲末晚會，聽了許久不曾聽的Live演唱，想起以前的歌手夢，心情再度澎湃，年輕啊……可惜身體不能力行，還得為五斗米而忙盲茫呀！

第十二封

昨日在唐山翻了一下傅柯的《Fearless Speech》。只看了序，曰：誰可以講真話，什麼是真話，怎麼辨別人是否講真話……

真話難講，卻偏偏有人講，言自己的話才是真話，那麼誰的話是假話？謊言和假話之間又如何區分。通往言說的道路，我想起海德格（Martin Heidegger），人必須先弄懂自己的存在，才來講話吧！

可惜，在目前的臺灣是沒有真話的，掌權者說的才算。

P. S.：和唐山老闆陳大哥小敘，他說念了人類學系有了尋根的想法，從他的鬈髮出發，他認為自己屬於南島語系的族群，祖先可以遠溯到菲律賓、馬來西亞、新幾內亞等南島國家，所以特鍾意馬來和印尼，甚至喜買當地用品，例如泡麵。我也搭上這條哈「馬」之船，被請喝了杯咖啡。

第十三封

在校刊上讀過你這篇〈為什麼中文系〉，印象在。重讀後，重新發現我們在時間上的交集。我九五年九月唸僑大，九六年七月賀伯颱風來，僑大也被吹斷了好些棵樹，在僑大談了我的初戀。在體育館外的山坡矮牆上親吻了她。她是一個香港女生。

僑大生活，認真唸書，我只讀了石黑一雄的《浮世畫家》和吉本芭娜娜《哀愁的預感》，以及寫了無數封信和失戀後的日記。九六年夏天打了兩份工，一在工廠當運動器材裝配員，二在羅斯福路上的蛋糕店做月餅臨時工。

九六年九月輾轉搬進臺大男生第七宿舍。開學時，做了三十幾天月餅的身體因為勞累，在床上躺了一天一夜，沒去選微積分的課。身上的麵粉味過了好幾天才完全沖掉。

讀了一個月就覺得大學無趣，一樣填鴨……開始翹課，往誠品書店、醉月湖、圖書館跑。抱文學書籍比抱化工課本還多。死當活當，差點被踢出校門。

大二開始在大紅花的國度ＢＢＳ寫詩。九七年，我又談了一場失敗的戀愛，也常跑基隆海洋大學找朋友聊天，看海。九八年五月開始寫〈２〉那首九十九行詩。那時你還在臺灣嗎？我貼到ＢＢＳ的現代詩版上，很多人注意到了。參加臺大大馬同學會擔任祕書，從會訊中看見熟悉名字，有黃錦樹、黃暐勝、林惠州等人。

都是大學往事，有些無法記取。我的記性不好，很難講很難解釋的。

第十四封

真想跟你要個夏天

Will you share thee to a winter's day

我好像生病了，頭暈（實驗進行中）。

第十五封

今天在星洲互動網讀了〈還在沉睡嗎，二〇〇七年的大馬？〉等文章。好多言路作者在罵南馬水災和國家經濟衰退。你也在罵，不過是對內的華文獨中體制。

我們都希望各方能加強和提升現狀。但是，凡在這個國境中發生的事都是無疾而終，慢條斯理的。你罵得越凶，那些人越是不理你。如果他們受不了，就會罵回你。

我們的家國，就這樣老舊了。是老舊，而不是大家說的退步。

第十六封

前天我又重讀黃錦樹〈歲末雜感〉，想著那句「這樣的未來在過去發生過了，然而那個過去沒有未來……」

我們可以說，黃錦樹曾憧憬過，也努力過吧……但是到後來（十年後）他不得不做出妥協。他從過去的資料整理中看出馬來西亞不會有未來。所以他是一個活在過去的人，他全能的學術眼光，卻成為他臨現場的死角。

書若讀久了沒有加以實踐，就容易變成耍嘴砲。我的創作觀也做如是，必先經驗再沉澱，最後寫出。

介紹你卡爾維諾（Italo Calvino）的《煙雲・阿根廷螞蟻》（大陸譯林出版社）。他說：我願意讓我周圍的一切都是臨時的，只有這樣我才能在內心裡感到安定。那麼，什麼是我內心的安定呢？

是不是很欠揍？

第十七封

安煥然老師寄來週五《大柔佛》剪報，醒目的標題「新山沒有未來」，是以驚動了底下聽者還有記者。當你娓娓述說沒有未來的故事，剎那間，底下的人都失望了，因為這象徵他們沒有了未來。

你帶來了如此大的災難啊！

第十八封

把寫給你的信整理了，投到《南洋文藝》，與你之前的魍魎之書作對應。沒能寫得你好，只是整理些囉哩囉嗦的話，一些心情。你說這兩週都在新加坡上課，讀康德、黑格爾，暈頭轉向。我突然也好想去唸書了，以前瘋狂吃下的哲學、思想的書籍，隨著記憶消長，一些觀念、想法都丟失，反而訓練出一套讓老婆抓狂的「精神分裂法」。每次她跟我講話，都要問我當下是木焱，還是林志遠。呵，有一度，我兩者都不是，局外龍問我那他要給誰回信，我就說：寫給我吧，寫給那個代名詞，而不是那些名詞！

目次

CHAPTER 2 魍魎之書

CHAPTER 3 靈魂的居所

CHAPTER 4 我們皆是塵埃

CHAPTER 1

島嶼隨筆

臺北溫州街86巷

一

在決定離開臺灣的三月裡，雨無故一直下，徹夜未停。衣服沒辦法乾，只好拿進屋裡用電暖爐烤熱蒸乾上面的水氣。那些已經洗皺且沒有彈性的褪了色的衣物，一件件躺在布櫥或者被殘忍地塞進大行李箱，再塞進床底下，沒有了光明照亮，像故意塵封起來的鄉愁，刻意遺忘熟悉的味道。是一種聞了讓人狂打噴嚏，嗆得眼淚欲滴的黴味。「該洗洗了，相思的臭襪。」我說。

二

我的影子不能給雨弄溼，不在今晚。我用慾望寫了一首「不為慾望而來」的詩，在沾滿水珠的玻璃窗下，我看見外邊的人和折射在水珠上無數個微小的自己。慢慢地，它們聚首起來，變成一個充滿霓虹色彩的大水珠，然後逕自往下滑，流到了可能是溝渠的地方。

三

路口的閉路電視曾經拍攝到我，我在溫州街日復一日的行蹤。我跟誰出入，在哪一間咖啡館、酒館逗留，在哪間商店門口跟女友吵架；還有騎著單車的樣子，撐傘的樣子，玩翹翹板的樣子，抽菸的樣子，徬徨的樣子，逃跑的樣子——我的一切都讓它記錄下了。

那是一部拍攝木焱的紀錄長片，導演是溫州社區的管理人員。我認為他們會比注意竊賊宵小更知道我的行蹤，猜測是否會於某個時刻某個轉角倏忽消失。整個深夜，影帶不停運轉，最後的一幕，是我和她在無人的路口握手話別。此去便是兩年，未來將會有七百三十天沒有我，而溫州街的主角始終是溫州街，我只是過客——客串的異鄉人，進錯場次的詩人。

四

他將自己小兒麻痺的身體放在四輪推車上，用右手在地上推車前行，手掌都是灰塵，另外一邊拿著漿直的桌巾布，仰望經過身旁的匆匆行人。買一塊吧，幫幫忙。他向人們揮動手中的薄薄桌布，他們也揮動自己從來沒有空過的手掌。不要，謝謝。

他們的手拿著書籍、信件、戲票、薪水單、水電收據。不了，謝謝！他們的手沒空，有許多事情等著它們去做。他的雙手，一隻用於行，一隻做生意，就這樣謀生，簡單直接。

我們的手除了工作，還要寫字，撫平時間留下的傷口；並且要往上爬，握住荊棘的繩索，流著血爬進另外一個窟窿，讓心掉下黑漆漆的地牢，而身體留在光鮮亮麗的外表下。

我們的手太過複雜。

五

我在這裡繞圈圈，從誠品臺大店開始，麥當勞→四方影印店→挪威森林咖啡館→雪可屋咖啡館→Lane 86→唐山書局→大世紀戲院→勝利百貨→頂好超市→鳳城燒臘，最後走到溫州公園。

我又繞圈圈了，不以公館，而在心中。已經走了兩個小時。

外勞的眼睛

看了陳翠梅拍攝的經驗匱乏者短片，深覺稀土（Rare earth）廠對大馬人民是非常危險的，因為我看到工廠的周圍沒有像化學工業區所應具備的基礎建設，如廢水處理廠、廢料處理廠、消防局等。另外，我不相信當地環保局有能力監控稀土廠。若發生廢料輻射外洩或空汙、水質汙染時，當局是否有能力對該廠開出罰則如勒令停工與健康賠償。

化工廠所產生的輻射物質、重金屬與毒化物的危害不是一兩天就可以看出來的。一九五〇年在日本發生的水俁病，即為當地窒素（氮）工廠所排放到大海的大量有機水銀造成汞中毒與一千多人死亡。一九六七年在臺灣桃園設廠的ＲＣＡ美國公司，不當傾倒廢棄物，導致地下水被三氯乙烯汙染，而又被當作飲用水和灌溉使用，造成附近居民與員工中毒與死亡。該公司最後以出售和脫產手段關廠逃回美國，一毛錢都沒有賠償給臺灣受害者。這些公司都是賺飽荷包，拍拍屁股走人，留下成堆有毒物質貽害人間。

東海岸的子民，你們能做什麼？如果有能力便請趕快站出來，別讓毒素有機會流進你們的身體，別讓聖潔的土地被貪婪的心所汙染。僅以此詩獻給你們：

（私藏版）

在捷運廣場，他翻閱家鄉報刊。一頁之中學習一些詞彙：
什麼叫做環保、什麼叫做權益、什麼叫做侵占
回想新聞前與新聞後，家鄉的改變
有沒有道理，河川是否還清澈
海邊是否還吸引著海龜
椰子樹是否長在土裡

不在輻射水泥地

他望著其他膚色的外勞
猜想他們居住的遠方
水裡是否也有魚兒
那條河是否被工廠汙染與掩埋
空氣充滿死亡的味道嗎
他們的家園那些美麗的
詞彙是否還在

看著報刊上的圖片，用黑色的眼睛
一座稀土工廠吞噬著東海岸
一座人造的火山島燒亮南方的夜空
一座貪婪的大樓徵收了人民的健康
那些本來在的不在了，本來不應該在的現在有了他的同胞都去了哪裡？
幾個名字、幾個背影、幾把聲音
輻射在彩色內頁

他翻開下一頁，移開他黑色眼睛
注視他不認識的異地人往來不斷
如此忙碌，沒有人告訴他該怎麼做
大概因為假日，某些憤怒某些聲音
那些聲音跟著熱鬧
消失不見

（副刊發表版）

在捷運廣場
他翻閱家鄉報刊
一頁之中

學習一些詞彙
什麼叫做環保
什麼叫做權益
什麼叫做侵占

回想新聞前
與新聞後
家鄉的改變
有沒有道理
河川是否還清澈
海邊是否還吸引著海龜
椰子樹是否長在土裡
不在輻射水泥地

他望著其他膚色的外勞
猜想他們居住的遠方
水裡是否也有魚兒
那條河是否被工廠汙染與掩埋
空氣充滿死亡的味道嗎
他們的家園那些美麗的
詞彙還在嗎

他看著報刊上的圖片
用黑色的眼睛
一座稀土工廠吞噬著東海岸
一座人造的火山島燒亮南方的夜空
一座貪婪的大樓徵收了人民的健康
那些本來在的不在了
本來不在的現在有了

他的同胞都去了哪
幾個名字幾個背影幾種聲音
輻射在彩色內頁

他翻開下一頁
移開他的黑眼睛
注視往來不斷他不認識
的異地人如此地忙碌
沒有人告訴他該怎麼做

大概因為假日
某些憤怒
某些聲音　那些聲音跟
著熱鬧

消失
不見

二〇〇九年初稿
二〇一一年十月二十日定稿於高雄，發表於《南洋商報・南洋文藝》

漂流的城市

如何生活在一座城市？

我讀過很多關於城市生活的書籍，我看過一些作家旅遊時拍下來的城市相片，我也從一些人口中知道怎麼樣在繁忙的城市度過一天。

一座城市，它裝載了什麼？一座城市可以給我什麼？

如果套用已故美國總統甘迺迪的說法，不要問城市給了我們什麼，要問我們可以給城市什麼？尤其是，我可以給新山這座浮城什麼呢？——我的殘破的足跡？我的煙蒂？我的痰？我的嘆息？我的隻字片語？

用後現代的講法，城市並不存在，它是一個空盒子，它打開讓車子和人潮通過，在裡面攪一攪搖一搖，然後又從另一邊放出來。開開合合之間，這個盒子變舊變老，接著一位外地來的歷史學家也進去了這個盒子，在裡頭被一陣搖頭晃腦，出來以後，歷史學家便在重要期刊發表了關於這個盒子的價值，它具有的時代意義。

新山對我來說，可簡化成幾種圖像。麗都海邊（Pantai Lido）是每一回我搭往城中的公車上百看不膩的海景。對岸近在咫尺，那頭卻是我不願也不屑搭理的一座「輝煌」的城市。傍晚五點的麗都海邊最能迷醉人的情緒，我想到余光中的一句詩「一片藍玻璃／被風吹起」，瑩瑩的海面與閒散的馬來人凝止了最後一抹餘暉。

若說我喜歡海，喜歡水，紗玉河又是另一類的喜歡。從前，我趴著紗玉河兩旁的欄杆，駐足那裡，居高臨下找尋老鼠的蹤跡，不然就是看哪條排水管將流出哪種顏色的水來。

紗玉河其實不臭，是混濁的髒水給人噁心的錯覺。如今市政府把河封在地下，在地上蓋了人行道、噴水池、小販攤位、表演臺，又種花種草還種樹。上面空氣倒好，讓下面被封存的紗玉河獨自哀歌，漸漸地也就臭起來。

我尤喜歡走在阿福街的商家五腳基，賣盜版CD、VCD的小夥子小姑娘永遠看起來青春活力，講話帶點江湖味，穿喇叭褲，霆鋒頭，冷不防射出一句「X你老母」或者是「老闆要不要來點五級片」（這個五級，我到現在還不會分咧！）

另外呢，在Plaza Seni附近的咖啡廳，總是聚集一群賭馬客，手中拿著報馬單和報紙，喝著Kopi O若有所思。那種神情就像「我思故我在」的狀態，只是新山注重的都是物質面的東西，而那些海邊、紗玉河、阿福街則是我努力再努力，要藉著詩句傳唱的精神戀人。

消失的新村

她住在這裡已經六十年。

由於家境並不富裕，小學畢業後她跟妹妹就出來工作。她的第一份也是最後一份工作，就是在工廠裡切鳳梨。每天要把一籮籮的鳳梨去皮，切成圓柱形，再由機器將其切成小方塊粒，好裝填進罐頭裡。

幾十年如一日，她早上六點起床，煮熱開水，準備早餐，間中聽著從籃球場傳來人們晨運在打太極的音樂，偶而也在廚房伸軀彎腰意思意思做著。然後準時喚醒上早課的孩子，怕他們營養不良還泡了牛奶給喝。有時孩子為了趕校車，吃急了早飯就在家後巷吐了，她邊咒罵孩子邊不捨得，怕孩子餓著或者以後腸胃不好。

為了孩子的教育，她每天工作，把手也切腫了，指紋也洗花了，就只領那麼一丁點的薪水，還是省吃儉用地把孩子們拉拔大。她的鄰居朋友就沒這麼「順利」，有的患了乳癌去世，有的離婚，有的孩子賣毒坐牢了。幸運點的，存夠錢買了別處的好房子，至少不再是木屋，不必怕下雨漏水，也不怕白蟻蛀蝕。

但她覺得就是這裡好，這個村子治安好，車子少，也涼爽。

後來，附近的油棕園被發展商開墾，建了道路，蓋房子，車子多了起來，而且還撞死過村裡的人，事主逃之夭夭。純樸、簡陋的村子不再神祕，小偷也經常來光顧木屋裡可能的值錢貨。這裡的鴨飯不知幾時打響了名號，四處饕客皆來吃鴨。

村裡的白粉仔早消聲滅跡，阿明阿誠的「三聲仔」多已結婚生子，當了爸爸。籃球場每到傍晚又再聚集小孩少年，爭搶籃球，他們不是自己的童年玩伴，而是他們所生的孩子了。

她想著身在國外的孩子，幾年沒回來了，不知道結婚生孩子了嗎？這個村子逐漸變化，雖然慢，也是變了許多。籃球場經久失修，水井荒廢了，公共廁所被拆除，工人的木屋宿舍也即將要拆，然後關閉工廠，這裡所有的員工都將失業。街上的咖啡茶室會失去生意，不知道這裡未來會是什麼樣子。

她的三個孩子都已長大，她如今自由了，想走出去看一看村外的世界，可是熟悉的路已面目全非，她不認得了。只好寫信告訴孩子，回來接她去養老院，她已住不慣這個沒有鄰居朋友閒話家常、沒有小孩偷摘紅毛丹、沒有婦女在井邊浣衣洗澡、沒有推銷員經常來敲門的村子。

她以前生活的新村經已消失，她不想多逗留，就讓白蟻繼續住下吧……

甘榜屋

某年某月某天，從吉隆坡坐長途巴士返回新山，在住家附近的Esso油站下了車，步行上天橋時習慣往不遠處臨河的一個非法甘榜村望去。看到了一條混濁黃沙滾滾的士古來（Skuda）河，而之前遮擋視線的高腳木屋群，已經全數被鏟倒成廢墟。

一些青年和婦女正在亂糟糟的「垃圾堆」，尋找可再利用的什物。木材多已殘斷，剩下幾片看起來快要生鏽的鋅片，也許可以暫時擋風遮雨。

我曾在〈新山〉一詩中書寫大雨來便會淹水的甘榜村，如今已然不復在。不知道政府拆除國內非法木屋的行動如此迅速。難道拆除了這些簡陋的木屋，就能提升國民的生活品質嗎？還是只為妝點門面，讓外國旅客在觀光時讚美我國環境優美。而在市區的阿福街，圓環的髒亂與交通堵塞，迄今尚未有所改善（反而是越改越亂），是否比拆除非法木屋更為迫切呢？

在這條通往新加坡的士古來路旁，一個小小馬來甘榜（其實是印尼非法移民聚落），沒來得及唱出它的悲歌，在大選後變成國家落實其建設宏願下的犧牲品。這些馬來村民被迫搬遷到何處？那裡會不會淹水？馬來少年們呢？也許正如我詩句中所寫的：

一張張貼在巴士站的徵聘廣告
缺角飄飄有如羽毛
大概都去了上面的地方工作
而忘了飛翔。

兩岸

傳說最美的距離是兩岸
因為兩岸才有相逢的激情　相送的無奈　回憶的倒影　時光的長河
因為兩岸　心與心之間　恆有一座不墜的橋

——《兩岸》詞　陳再藩　曲　陳徽崇

柔佛海峽

我望著太陽自兩岸之間的海平面冉冉升起。清晨六點鐘，風吹來，冷颼颼，海面寧靜像一個熟睡中的寶寶。太陽未完全散發出祂的熱，不過四周早已蛋白，不久就將籠罩在魚鱗般亮晃晃的光印之下。

狹窄的柔佛海峽開始紅頰，一抹紅暈先是拂出露宿岸邊的舢舨，那些結滿露水的漁網，晶瑩地閃爍發光，迅速誕生出許多的小太陽。岸邊，深藍海水，承襲了太平洋、南中國海的波浪，像大地舞動的白絲綢，載著流傳的典籍，層層推來。推到了沙之岸，遂成泡沫，窸窸窣窣在空氣中蒸散不見。

此刻，我在海浪邊緣的校園讀著人類的歷史。偶爾，早晨落雨蔓延至教室，從玻璃窗戶折射進入，弄溼桌上的課本筆記，老師的話語變得軟綿綿，同學們無精打采，思緒都跑到草場去淋雨了。

三樓樓梯口的下課鐘悶響，蓋過讀書聲，「起立、行禮、謝謝老師」陸續在其他樓層響起。同學們魚貫步出教室，我往人群的反方向去，佇立於沒人經過的長廊尾端，呼吸一口海鹹味的晨風。

幾個好朋友吆喝我一塊兒去隔壁班「窺探」他們心儀已久的女

生，其中一個還寫了情書錄了卡帶，就是膽子不夠大，不敢當面拿給人家。暗戀，已經計數不清的情感遊戲。

現在，只能暗戀過去。

鐘聲再響，下一節是生物課，已經上到男生最感興趣的生殖器官，雄性賀爾蒙如何改變一個成長中男孩的性徵與行為。我們開始從厚重的生物課本認識自己命定了的身體結構。

那時候，我們十七歲，高中二年級，正值青春發育期，對一切充滿好奇；而我，還多了「為賦新詞強說愁」的個性。

由島至島

乘坐捷星航空3K-521客機降落在美麗島上，那青翠得就像一串白葡萄的臺灣寶島。打開機艙行李櫃，將手提電腦和裝滿怡保白咖啡、榴槤糕、馬蹄酥的手提袋拎在手中，都是要分送臺灣親友的南洋土產。

在我前座的搭客跟我一樣持著紅彤彤的馬國護照，那是一對姊妹花，看起來年輕還是學生的模樣，口操流利英語，想必是接受國中或英文教育的。跟我的學習背景不同，我念的是華文獨中，我很少說英語。偶爾對著電視連續劇哼哈幾句覺得很經典的話，例如「No Pain No Gain」、「Life will find its own way.」。有時覺得英語很難，聽不出字義，像「You are going too far」，本意是「你太過分了」，可是字面上我多次誤作「你走太遠了」。或許也有這層意思，是我不知道罷了。

我的確走太遠了，幾千公里的長途，由島至島，從熱帶遷移到四季分明的北半球亞熱帶，一個是投入南中國海和馬六甲海峽的懷抱，有著椰影婆娑的南洋；一個是被太平洋和臺灣海峽包圍，生長著跳躍的梅花鹿、水鹿和羌的福爾摩沙。

飛行途中，姊妹花不停翻閱臺灣旅遊手冊，我從椅背間隙看見手冊裡頭介紹的觀光夜市、臺北一〇一、中正紀念堂、花蓮和墾丁，和我手上捧著一本楊牧詩集《時光命題》顯得格格不入。四個半小時的飛行時程，我只讀完一首短詩，而且斷斷續續。其實，大部分時間，我假寐著，因為氣壓的關係，弄得呼吸不是很順暢。

入境時，姊妹花各自拖著大大的行李箱，看她們從運輸帶很輕鬆地提起行李，就知道裡頭沒有幾件東西，她們大概是來瘋狂採購的。我的行李也不多，十公斤重，只是挑幾本心愛的書籍，幾件穿習慣的短袖背心，一些詩作手稿，剩餘的都留在南方邊陲的家中，那裡多得是帶不走的文字與紙張的殘骸。

往閘口行進時，我誤入「紅色」財物申報區，人和行李都被攔住。我錯愕了一下，打開行李，海關人員往裡頭逐件翻查，有沒有任何違禁物品，有沒有攜帶超過十萬元的美金，有沒有感染流行性病毒，有沒有犯罪記錄……我什麼都沒有，只有對故鄉的思情和母親的眼淚藏在心底。離開家裡時，母親的眼淚還淌在我心底，可是我拿不出來讓你檢查。

我，一個馬來西亞籍男子，正式入境臺灣。

很快的，我看見妻，在閘口的對面靦腆地向我揮揮手，輕呼

「這裡，這裡」。我小跑步穿過人群，想馬上擁抱她親吻她，拖行的行李箱卻嘎的一聲滾壞了一個輪，一拐一拐的像受了傷的士兵，繼續被拖著前行。

搭上往臺北的客運，這一次只去不回了。當車子來到龜山、林口，道路兩旁儘是匍匐的山巒和壓低的雲層。夏日的炎陽好像塗抹在天空中的唇紅，正隨著剛下過的一點雨水往地上暈開，透過車窗，讓我的臉頰感到微燙。

這一段路途再也見不著大海——那成長歲月中從不缺席的柔佛海峽。如今，浸泡在我眼裡湖泊的是華燈不熄的臺北不夜城。

長堤彼岸

睡夢中，我又佇立在新山關卡，大批趕著去新加坡做工的馬來人、印度人和華人，已經在車站內排列成三色人龍，正午的熱風吹皺他們的臉。他們身後的車道，一輛輛摩托車呼嘯駛過，另一邊是汽車、廠車排放出來的大量黑煙吹進來，像烏賊吐出來的墨汁把一群人團團包圍，他們咳了咳仍然停留在原地，沒有前進。在這般烏煙瘴氣的小地方，他們忍耐、等待、巴望著一輛巴士接應他們前往對岸的花園城市，這短暫的汙染算得了什麼。

不想跟著一起排隊搭巴士，我選擇了步行，走上新柔長堤到彼岸去。我先閃過摩托車，繞經排隊過磅的拖格羅里，它們每天運送天然物資、原料與食品供給新加坡。在長堤兩側即是粗大的輸水管，像臍帶一樣把生命之水源源不絕地從我們這裡送過去。

這時，我已經走上堤岸的人行道，本來熱烘烘的豔陽天，突然間下起雨，我急覓避雨的地方，心想要淋個落湯雞了。一輛貨車突然停靠在我身旁，司機搖下車窗向我擺擺手示意上車。一名馬來青年，短髮，蓄著短鬍，說要去新加坡批貨，可順便載我越過長堤，要不然我會被雨淋溼。

問我去新加坡做什麼？我一字一頓拼湊著生疏的馬來文單字：「Tak buat apa,jalan-jalan」。其實，我是去試用那本剛辦好的國際護照，那本紅彤彤的有五年效期的馬來西亞國際護照，第二次使用它時就是飛往臺灣赴學了。他又問我在哪裡念書？我說Foon Yew High School，去年剛畢業。他一聽到是Foon Yew，便以一種喜悅口吻說，那是一所不錯的學校呀，他認識幾個寬柔中學畢業生，有生意往來。

我看著太陽雨落到了粼粼波光的柔佛海峽，驟降的大雨並沒有造成波浪，深藍至黑的水面只是濺起水花，我感覺那裡面長滿著細刺，正螫著長堤上面渡海人的心。

這條長堤連結了兩岸，雖不算長，卻讓人在它上面耗去許多時光。入境與出境，檢查身分，蓋章通關，試圖進入彼此的生活空間，填補各自的慾求。它像是現實生活中的時空走廊，遙遙相對的關卡電視牆相互輝映。人們迷失在五光十色的慾望場域，分不清楚哪邊新山，哪邊新加坡。哪一方才是真正的家？

「Kampung mana?」他再問。我無心回答。

「Terima kasih!」我答謝他，才十分鐘便到了新加坡的關卡。

我們必須分道揚鑣，他把車子駛進車龍，準備繳費，申請車輛通行證，蓋入境章。我則進到一棟大樓同一批搭巴士而來的各族同胞成為三色人龍的一份子，一起排隊，通關。

在冷氣的關卡大廳，每一個人像訓練有素的士兵，乖乖地列隊在地上的方格子內。我想起兒時在甘榜和大家一起玩跳房子遊戲，撿起自己的石子往背後一丟，單腳跳過，折回拾起，再丟……這些人的石子卻越過了長堤，扔到新加坡，告別了自己的甘榜，到彼岸賺取一頓安樂飯。我呢？我把石子丟到千里之外的另一座島嶼上。未來，我的行蹤便是護照上的深墨水印戳。

哪一天如果我們有機會相遇，我想告訴那位馬來朋友：那時候，當車子快走完長堤，轉回頭望向新山的天空，就在這座連結兩岸的長堤上，在我們的頭頂，陽光衝破雨幕和雲層，在空中打造出一座巨大的彩虹。

「Terima kasih!」我在心中對他說，掃去心底陰霾。原來，兩岸，恆有一座不墜的橋。

寄鄉愁

J，

我想寫這封信已經很久了，我不確定你是否收得到，收到之後又會做何感想。我們一起長大，一起叛逆，一起談過理想。我們是長高了，但在大人的眼裡，永遠長不大。我們需要更多有趣的玩耍，所以直到今天，我必須要讓你知道，在那個未被現實註銷封查的祕密地帶，你和我相遇，我們的祕密結盟就是要創造革命色彩的人生……

一九九五年，我離開了馬來西亞南部一處新村，那是我生長的地方。從呱呱墜地到少年叛逆的階段，我生活在一個隱藏於城市道路的僻壞，有一間規模不算小的鳳梨加工廠，維持著我父輩的生計。我們這些被稱作「非土著第三代」的二等公民，擠在一間單薄的木板屋簷下，同野狗野貓作伴，飛蟻、老鼠住樑，木板甚至隔絕不了外面的喧囂。

一晃眼，我們也到了離家出外打拚的年紀，學習是為了成長得更快嗎，J。我還記得，父親常說：「你們翅膀硬了，會飛了。」這話不是說來鼓勵，而是往往不聽管教、已經有獨立思想的孩子惹到他生氣所發出的怒吼。原來，成長是有代價的。

然後，我懵懵懂懂地選擇離開，離開家人，離開熟悉的新山，離開那舊情綿綿的八哩半新村。這是對無法瞭解我的長輩的一種反抗，還是盲目的追求一種未可知的理想？母親當時問我，高中畢業後難道不想繼續升學嗎，要不要也像大哥一樣去臺灣念大學？

去臺灣還是留在這裡，我完全搞不懂，生活下去莫非不是念書就是出走他方謀生計？我能不能留在自己的想像國度，每天是從自己的床上醒轉，早上聽見父親發動汽車引擎去上工；白天在家裡作藝術家的夢，晚上吃有媽媽味道的晚餐。為何要離開？為何要將自己的原鄉肢解成有距離的南一塊北一塊，變成日後追憶的物件？

那時我沒這般聰明，沒能如此審視自己，也沒有充足的發言權，母親既然開口了，我就聽從離開，我真是個聽話的乖寶寶！

我去到一個陌生地——臺灣，第一印象是喧擾、疏離、紛雜得難覓入口。我開始徘徊在孤獨風暴的外圍。我翹課騎了單車去往湖邊看早晨的風如何吹拂湖面。我將時間花在一些帶有鄉土味的小說、詩集和圖冊。我讀西西《候鳥》，我讀余光中《五陵少年》，我讀白先勇《臺北人》，我讀里爾克《時間之書》，雖然他們的故鄉面貌各有不同……

遂而，我把現實面的思鄉壓縮裝進構思靈魂的廳堂，將自我形塑作一名詩人，堂而皇之地進駐美的境域。

J，我開始用多數的時間，摸索那隱而不現的美，通常是透過藝術，藉著一幅又一幅的畫作，培養出與美的親近情感。我不敢說自己就懂美了，只是像被某種神力感召，我的心神與智力只對美產生感應，就連走在花草叢裡，我的雙手也能感觸草尖噴射出來的自然美的氣息。我甚至很清楚，自己的存在是一種美的存在，進而做了瘋狂之舉，在記事本上蓋血手印，發誓一生奉獻給藝術。那時的我確實駭然，難以想像一個在臺大念工程系的男子，竟然對藝術與美懷抱如此澎湃的熱情，往往在異鄉孤獨的夜裡燒得最熾烈。你可知道？

我活在自己構築的烏托邦鏡像中，以美為根據，視線碰觸到的每一個方野像是一條蛇正嗤嗤的吐信，傳遞特殊的語言——回想當初是否「中魔」到對著空氣講話——，並在腦海中與一個無形的人物進行激辯。如是我想起一個「中魔的人」捷克作家博胡米爾•赫拉巴爾（Bohumil Hrabal），——描寫廢紙收購站的打包工漢嘉，在一堆丟棄的哲學、文學、藝術書籍裡挖掘了感動自己的愛情故事——，在一九九七年二月三日被人們發現原本即將病癒出院的他，從醫院五樓窗口墜落身亡。我的靈魂或許與這些自殺的亡靈遙遙相應，追尋到了極致便萌生自殺的念頭，是一種「殉美」嗎？還是對生命終無法趕上漸行遙遠的理想之認定？就算已然擁有人所稱羨的美滿與成就，內心卻時時刻刻吶喊著：「你什麼都沒有，你、什、麼、都、不、是。」是這樣嗎？J。

但我篤信藝術，我信奉了美。我以為美是可以治病的，別人搶不走的療方，是我獨享的觀看視角。在一堆平凡的東西裡，發現最亮眼的一枚靈感，與我共鳴的一個觀念。我記住那種由內心敲響出來的悸動，好像畫裡的顏料正面對自己傾瀉千古的心事，黏稠稠的排山倒海。我深愛他們——畢卡索、莫內、莫蒂里安尼（Amedeo Modigliani）、歐基芙、培根。等到我發現約瑟夫・波依斯（Joseph Beuys）的行為藝術，我相信自己前世也是個瘋子，或者，好一點是來自佛陀聖地的吟遊詩人。

J，我以為那樣就會永久，那樣就可擺脫鄉愁的糾纏，我錯了。直到現實中我的身體出了毛病——記憶衰退、生理失調、消瘦憔悴，這馱載著巨大魂靈的肉身終究得回歸現實，好好調養。只能將那名詩人或瘋子暫時封存，不讓他發聲，甚至祕密買了機票，拖著醉醺醺的身體（你看，詩人總會伺機出手），離開過於喧囂的臺北，飛返南方熱帶島國，十年之後反而陌生的故里。

我開始遊離在虛晃的國與國之邊界，無意逾越，卻往往夢見抱著枕頭走在寒冷冬天的臺北街頭，夢裡的刺痛由此傳入心扉，我想起童年時代一家六口擠在狹小的閣樓睡覺被惡夢驚醒的景象。不然便是死去的太婆坐在五腳基上召喚，吩咐我拿幾個零錢來買「叩叩糖」——一種灑滿芝麻的牛軋糖。那賣糖的老伯長得挺高，皮膚黝黑，騎單車載了一大個鐵盤整片的牛軋糖，一入村子便用鋼片敲擊發出清脆的「叩叩」聲。在玩著捉迷藏的孩子們最愛這時候「聽見」老伯的蹤影，紛紛從藏身處圍過來，站在圓盤邊打量裡面的牛乳色糖果。老伯用鐵杵輕敲鋼片，不一會兒就鑿出一小片一小片捲曲的牛軋糖，盛在薄薄的吸油紙上，一份才兩毛錢。

太婆去世十年了，有一天我坐在巴士上瞥見老伯頂著烈日在繁忙的柏油道路上緩慢踩著單車。巴士上的冷氣已經將我流過的汗吹乾，然而汗水卻不停往老伯頭上、臉上流去了。他就在呼嘯的車潮中寧靜地踩著，頭也沒四處張望一直往前駛進，背後依舊載著大圓盤。我想叫住他買叩叩糖，怎麼買？童年的我已經不在，也不再玩捉迷藏。J，告訴我，他還載著同樣一個大圓盤，去尋找仍有小孩嬉鬧的新村故里嗎？天天如此？這是否就是一種理想？是我們想要創造的人生態度？

我無力跟蹤他或者追查他的生世，一個人怎麼就一下子變老，然後變換了時空，出現在讓我們措手不及的地方，最終消失不見了。我甚至不曉得他的名字？是否有妻小？身體還健康嗎。我離開八哩半的後來幾年，那些童年玩伴陸續長高長大，去往不同的境域，並且過著都市化生活。當大家回到新村，就算碰面也擠不出半句話或一絲笑容，感情已然轉淡，更不可能與久久入村賣叩叩糖的老伯相遇寒暄了。

現在村子裡只剩下老人，先後過世，甚至有時一夜之間走了四個，像約好共赴黃泉，在冥間路上有個談天的伴。而我的父輩，操勞了幾十年的身軀，每下愈況，時常得上中央醫院檢查身子，但是肉還是照吃，酒還是照喝。他們說，人生苦短，不吃不喝，死了算什麼？

我記得，太婆過世那個夜晚，我遲遲不敢踏入房間見她最後一面。我待在門外，聽見母親、阿姨的哭聲。我哭不出來，只覺得心裡面難受。死不算什麼，當時的我明白，那只是讓肉體不再延續下去的遊戲終止而已。至少，太婆的模樣到現在還一直深耕在我腦海裡。呵，反而是那些記憶中最清晰的景物，不斷在現實當中進行崩毀。如今後院那棵太婆親手栽種的菠蘿蜜樹已爬滿寄生植物，無法結出香甜的果實。家裡則不斷遭白蟻啃噬，差不多只剩下空殼的樑柱。

我們還能保留什麼是不變的嗎？當我努力去尋找人生的解答，在過往的人潮中感受他們的熱情與苦惱，我得到的永遠是他們的過去。那麼，我又為什麼流浪到此，做這些沒有意義的事了——藝術和人生？

時間在走，走向另外一場生命的開啟或者結束，像一個玩笑，說了又說。我們越是在意，時間的刀痕越容易把我們變老，連帶著那情深意重的家園印象也將毀了模樣。

J，我思忖，追憶是要向誰人贖回這段溫情，而誰人總回應我以重重繞繞的鄉愁，不太情願的給予，卻拿泛黃的老照片勾起我絲絲掛念。我遂蛻變成卡繆小說中的異鄉人，重複著馬奎斯《異鄉客》中許多種主角的離奇遭遇。我想，某個晚上，我會趁噩夢降臨時殺死自己，然後釋放出詩人。如此我不會再有鄉愁，我會同時丟棄童年記憶，我沒有居所亦不再有身分，我只是個遊魂——又回到駐留過的美的境域。

那時候，請你來找我，用你無限的熱情道出暗語，我便知道那是你，是你。

回程

1

二〇〇七年四月，遠在南方赤道邊陲的外婆罹患了肺炎，入新山中央醫院。我旋即向公司請了七天長假，週五下了班，回家收拾行李，搭隔天清晨的國泰航空，經香港飛往新加坡，再越過新柔長堤入境馬來西亞。

這趟行程，決定得倉促，因為外婆已被醫生判了「死刑」，陷入昏迷後給帶回家。家人都守候在旁渴望奇蹟出現，我急著回去想要喚醒她老人家，心想：外婆，今年我還沒向您拜年呢。

當初接到母親的電話時，她已掩飾不住悲傷，語帶哽咽地試問我能不能回家一趟。我說不確定能不能請到假，因為研發工作沒有絲毫進展。在這之前，母親跟我報告過外婆的腳腫至不良於行，整日只得躺在客廳裡沙發上，連洗碗的活兒也交託給外公去做。外婆身體逐漸消瘦，更不時嚷嚷著自己活不久了。我讓母親帶她去專科醫院檢查，可是他們推說看過許多醫生，都說那是老人病，治不好的，只能靠吃藥控制病況。

老人病，人老了常會生的病，他們這麼說，醫生也這麼安慰著我們。

2

由於家中兄弟姐妹多，父母親在外工作無暇照顧，我六歲時就坐上外公的金龜車離開了八哩半新村，寄養在外公外婆在淡杯的家，在附近的華文小學唸書。

外婆的廚藝很好，滷的肥肉好香，我最愛吃她炒的蠔油薑絲肉羹和地瓜葉。老人家愛吃醃漬類食物如鹹菜、鹹魚、鹹鴨蛋，我也跟著吃，配起清粥最是美味。外婆常為我沖涼洗澡，然後在我身上灑下白白香香的爽身粉，我會假裝嬰孩窩在外婆懷裡要吸奶。停電時，外婆抱著我唱起家鄉的歌謠，在黃昏中等候外公從工廠下班回來。

那時候晚上幾無娛樂，電視節目僅播放到晚間十點為止，頻道亦少，記得有一部電視連續劇是外婆最喜歡看的，敘述大陸新客南來打拚，後來遇上日本皇軍殖民三年零八個月的艱苦故事——《霧鎖南洋》。其他時候，外公吹吹口哨，拉拉二胡，外婆躺在沙發上讓我給她搥背抓癢。她經常說起同她一樣自大陸福建遷來南洋的同鄉，我一一記取那些嬸啊婆啊阿伯的稱呼。當她們聚在一塊兒聊起家鄉的往事，好似昨天才離開唐山老家，當時年幼的我自是不知她們所談為何處，唐山在哪裡？

記憶最深的一次，童言無忌的我對著外婆說，外婆死了最好，如果外婆死了我就可以馬上搬回八哩半新村的家和父母同住。她每回跟親友說起那時候的我，總要算上這筆舊帳，投訴我的小聰明假厲害，邊說邊笑。

3

炎熱的正午，抵達新加坡，我拖著行李搭地下鐵，在克蘭芝站轉乘巴士渡過新柔長堤，擠進一群馬來和印度同胞之中通過海關。一步出新山市關卡，便看到父親和姐姐，父親急促地說今天中午外婆突然醒轉，而且說胸口悶得難耐，囑咐外公無論如何要帶她去「廣播電臺」醫院看醫生。其實那是馬來西亞廣播電臺RTM附近的一所專科醫院，老人家就那麼叫慣了。然後便電召救護車，把外婆送了過去。

甫踏入國門，我們就直奔醫院。

外婆被安置在加護病房，再度陷入昏迷。我從白色床單上好不容易才找出她的身體輪廓，幾近凹陷下去的身軀，只有擺在床單上面的手還略顯些力氣，偶爾能拂一拂胸口搔搔癢，或把我們慰安的手一一推開；其他部位就任其平躺在病床上，像一張影子似有似無地在陽光斜照的病房裡飄蕩投影。我們安靜地注視著她，她在氧氣罩內呼吸，心律維持器嘀嘀嘀的叫；我安靜地注視她，她還是沒醒。

那天晚上，母親、阿姨和表弟輪流在醫院看顧外婆。我和父親開車回「苦來齋」，那是我以前在寬中古來分校任教時的住所。家裡已經好久沒人清掃，庭廊上盡是落葉塵埃，夾雜一張張從外飛擲進來的放貸卡片和霸級市場的宣傳單。家中擺設稍微更動，我的腳踏車自飯廳移往儲藏室，赴臺前留下的一包快熟麵和半條巧克力都還在，書櫃裡的書籍蒙上熱帶島國的灰塵而已。

等我整理好行李，父親已經在沙發上睡著，大抵是這幾天為外婆的病況奔波下來疲累了。後來那幾天他老愛跟著我，可能是太想念我這個結了婚不久即離開他到臺灣定居的兒子，時時刻刻想要抓緊機會多看一眼，多陪一會兒，好像我才剛從母胎裡鑽出來，心急搶著要抱。

4

第二天下午，醫生來為外婆插管，要把肺部積水導流出來。手術前她一度睜開眼，母親很激動，靠向外婆的耳朵叫喊：「蔭娘啊，志遠回來看你了，志遠從臺灣回來看你了。」母親把我拉到她身邊，外婆看到了，我卻不知道要如何反應，我不能哭，要告訴外婆活下去的理由嗎？活下去，要活下去的。此時此刻，我看見外婆眼角流出一行眼淚，罩著呼吸器的嘴角劇烈地抽搐起來，外婆不能自己地哭了，她能意識到自己現在的狀況，要再爬起來希望渺茫，她無能為力，她已說不出話來。我用大拇指輕輕擦乾她眼角的淚水，自己眼眶也溼潤了。母親用棉花沾了些許水讓外婆吮吸，她深深打了哈欠便陷入昏睡。

經過幾天的搶救，外婆的脈博數仍然攀高不下，心臟恐難負荷，其他器官也逐漸衰竭。主治醫生說已經盡力搶救，要我們有心理準備，建議帶回家等待壽終。出院後，大家仍執意給外婆戴上氧氣罩，在客廳鋪了一張床褥讓她躺下，母親和阿姨輪流給她翻身擦汗，趨向外婆耳邊叫喚著她，醒來，醒來。外婆一度微顫嘴角好像要說什麼，母親把耳朵貼近那凹陷如一口深井的嘴巴還是聽不清，她幾乎用很大的力氣，全身抖動著講出兩句話就嘎然而止，然後嘴巴再度變成泵浦似的進行吸氣與呼氣的上下抽動。

夜半三點，外婆關閉了她的泵浦，咽下最後一口氣走了，母親說外婆把財富留給後代子孫，連一餐都沒吃就離開人世。

大家不敢驚擾休息中的外公，小聲哭，打電話請葬儀社來入殮和設置靈堂。母親和阿姨在為外婆穿上壽衣時，一灘血水從胸側的插管孔流出來，趕緊用紗布堵住那個破漏的皮囊。我從家裡趕到，外婆已經平整躺在棺木中，長眠。

外婆，今年我還沒向您拜年呢……

5

我回想起小時候對外婆說過如果她死了，我就可以回家和父母同住，原來外婆一直記住，否則她怎麼會以此來召喚我的歸來呢？召喚我回到兒時的住處，彷彿小時候我洗完澡光溜溜在客廳跑跳，彷彿我和外婆合力將椅套脫下來清洗，彷彿外婆為我穿校服買早餐送我上學，一切恍如昨日，歷歷在目。

外婆不僅召喚我，還召喚了所有人。隔天，親友們都聚集起來，在棺木旁燒紙錢的是二舅的一對女兒，大的已在國中教書，小的還在唸高中；在客廳摺金銀寶的是三舅媽、大姨、大表姐、母親、表弟們。在治喪的涼棚下，坐著二姨丈、二舅和大姨的兒女正在閒談。大舅則在院子裡抽菸，小表弟坐在門口負責收奠儀白金，外公出來叫他進去吃飯。居住在新加坡的表哥表姊坐計程車才剛到，那幾位跟外婆熟識的老親也相繼來弔唁，在我們這群後生面前談起年輕往事。

大家因為某個同喜慶節日一樣重要的日子再度聚首，場面多麼盛大莊重，而悲情中帶點童年記憶的溫馨。我一直想召集大家來拍一張全體照，但是這應該是過農曆年才會做的事，那時大家都笑嘻嘻地來向外公外婆拜年，我也要拿著椪柑向外婆說：新年快樂，大吉大利，紅包一個來。

如今，我僅能憑記憶為她照最後的相，讓她在我腦海裡一直保留小時候我依偎在她懷抱的模樣了。

6

停柩五天後就要蓋棺出殯，送她老人家去陰間的家。未來得及送外婆最後一程，我即要返回臺灣。父親開車送我到新山關卡，母親拉著我的行李箱，妹妹提著我的筆記型電腦，一直步行到出境大廳的入口，我們三人幾乎快要堵住通關的旅客。我要母親把行李交給我，不能再送了，再過去就得出示護照，回家吧。車子暫停在路旁，父親只得留在車內沒跟來，我遠遠地望向他揮揮手，不知道他能不能看見。臨走前我要他今年秋天一定要來臺灣玩，我有好幾天的連續假期。

過境新加坡時遇見邦尼，我們曾經是寬柔中學的同事，他教文史科，我教生物和化學。他正要前往獅城上課，目前是南京大學附設在新加坡的中文系碩士生，沒想到彼此巧遇上，還變成相互送行。在新國境內，我們顯然是過客，我的目的地是臺灣，他的是文化中國。在地鐵上，我們即又碰面，卻正要離開，多麼弔詭。

邦尼先到站，我沒有和他握手話別，看著他遠去的背影逐漸隱沒在週末假日的人潮中，再看回自己的掌心，我曾經努力想要收藏許多人的味道——外婆、外公、父親、母親、妻子和姐妹兄弟的，可惜，如今馨香手中故。在未來的陌生旅途裡，那些熟悉的馨香可會勾起美好的回憶，讓我擁有繼續走下去的勇氣，還是召喚我回家的路途？

我們彼此沉落在距離的愛裡，我的手或許握不住他們的身影，
但意識留在他們心中，永遠徜徉在長堤彼岸。

島之子

回程

外婆過世半年後你自臺灣飛返南國，載著罹癌的父親跑了幾家醫院，給不同的醫生看診，一個醫生開口閉口都是錢，一個醫生在病歷表上塗塗寫寫像生產線上的品保員。你不只一次聽人家說家鄉的醫療不可靠，時常發生醫死人的事件，你開始懷疑起醫生的能力，他們到底是怎樣的專業人士，救人還是害人？他們身穿白袍頸掛聽診器，像地府的審判官給人寫生死簿，判你到哪一層煉獄受刑，刀刮還是浸油鍋。那些排隊候診的病患，多是衣衫不整的馬來人，窮困的被殖民者，他們將生命交給了這些白袍殖民官，允許別人入侵自己的身體，刮取受感染的細胞組織拿去化驗，但是誰來檢驗醫生的公正客觀，誰來放大他們的宅心仁厚。在那裡，人們的身體被無知、窮困與病痛輪流殖民，沒有人是獨立的，沒有人能掌握自己的生命。

你問醫生父親還剩多少時日，他從背後的書櫃抽出一冊數據本，按著上面記載，存活年數越長可能的存活率就越低，存活年數越短則反之。所以，父親可多活五年的概率是80％，十年的概率是50％，十五年就更低了。父親年屆六十四，他說再多活十年就足夠，所以選擇低價位的電療方式，他自己決定了自己的生命軸。你其實想知道父親還能繼續活下去做家裡的支柱嗎，你不要他退休，要他做你一輩子的父親，你還沒準備好當一名父親，你需要學習的對象，一個好爸爸的榜樣。

辭掉工作，你和妻子分隔臺灣和馬來西亞生活了月餘，實在是心靈與肉體的煎熬。那不僅是你自己的心靈，也牽繫著家人、朋友的；不僅是你的肉體，還有更多行將老去、病痛、初生的，都與你有關。你選擇卸下工作，暫別妻子與在臺北的一切，逐放到漉漉雨季的馬來半島，再次作回這片土地的人子。

熱帶之城

你決定搭火車北上，終點是北海（Butterworth），一個陌生地，然後渡海到對岸檳城（Pulau Pinang），就為解開心中對鄉愁與祖國的糾纏。

那天你站在新山火車站月臺候車，看著對面商業廣場外牆上垂掛的巨幅花園住宅廣告，稱作「熱帶之誠（城）」（Tropika Setia），蓋在不遠處的市郊，十五分鐘車程便能到達新山市區，適合前往新加坡工作的馬國人民居住，亦提供給對岸的獅城客一個購物休憩的渡假住處。而在那不遠處的黃亞福街（阿福街），為了吸引對岸的消費者，把原本川流於市中心的寬闊臭河以水泥塊重重地覆蓋起來，並在其上植樹搭臺，還弄了賞心悅目的噴水池。一到佳節整條河上步道張燈結綵，三大種族一齊歡慶元旦、華人新年、開齋節和屠妖節。

然而這裡的治安每況愈下，佳節的氣氛只是掩蓋烏煙瘴氣的市容與敗壞的社會秩序，真正駐留此地的反而是一些來自中東和東南亞國家的外勞。這裡已是攫奪天堂，加上瘧疾水災霾害，所有的天災人禍理所當然發生。可是當你置身其中，那裡卻又是一個生機勃勃的南方城市，五光十色在你眼前展開，年輕奔放趕時髦的少男少女在你身邊經過。不用懷疑，他們就和那一批卷毛、鷹勾鼻、高個兒外勞摻雜著走在髒亂的水泥道路上，在你喝著印度拉茶的攤位前天真爛漫地邊走邊笑邊玩，手牽手，肩並肩。

新山像一塊海綿收納四方過客，不問他們來自何方，帶著什麼樣的目的，一概飛禽走獸皆居有其所，那不畏懼人的烏鴉便是。它們不知從何時開始佔據了新山的天空，在各個商業大樓和巷子內低飛，呀呀呀叫的宣示主權，停在電線杆時就像一筆墨漬。太陽倒是把它們的羽身照得發光閃亮，一旦展翅飛下狀似揮灑的筆毫，劃過眾人的視野，並堅定的停佇在月臺的一根燈柱上，脖子扭轉過來，用骨碌碌的眼珠打量底下每一名乘客。

你一時興起玩性，待黑鳥飛近時，舉起雙手縱身上躍做胡鬧之聲，只見黑鳥突地一個踉蹌，雙翅回縮，亂了拍子跌飛了好幾吋高，忙不迭地拍起黑翅躍上鋅板屋頂，待站穩後瞪著你生氣的呀呀叫。這時你才擔心起它會不會來報復，以致一直盯著它的一舉一動。

烏鴉實在太多，麻雀逐漸失去它們的生存空間，不知遷徙到哪裡，連個影兒都沒有。鴿子則因為體型的優勢和群居關係保住了領地，吃著雜貨店主灑向五腳基的穀糧，各個胖嘟嘟的，於過往人群中咕咕叫。或者就在人們頭頂亂飛，眼看逆向的兩方快要撞上，竟然分岔錯開，要特技似的飛到了舊商行的屋樑上，抬高屁股噗嗤拉起屎來。

孤獨列車

你看見火車從新柔長堤駛來，銀灰色的車殼，被晨早的日光鍍得金光閃閃。這條連接新加坡和馬來西亞的古老鐵道，你還是第一次坐。你拿起票根，U車廂21C座位，生平第一次的大馬火車之旅，即將開啟。

一陣短鈴響起，火車緩緩開動，在座位上你看見他人的離別，就算只是坐趟火車到不遠的地點，竟像自己當初離開新山飛往臺北的那種依依不捨。看著大家相互揮手道別，小孩在月臺上奔追火車，一邊大聲說掰掰，一直送到月臺的終止點，乘客回頭望向退去的親人面容，這一幕幕像是自己離開了自己，未來向過去道別。

火車並不是每一個站都停靠，一站最多停五分鐘，可是走了一段就不知何故停下來，然後廣播，接著倒退，然後又緩慢前行。你以為對向將有一列火車要來所以得讓路，結果不是，而是為準時進入下一站而故意在半途停下拖延時間。總之，你第一次搭家鄉火車，那些莫名奇妙也當作是新鮮事了。

由新山起點，途經古來、黑水鎮、居鑾、拉畢士、芙蓉，而在吉隆坡作短暫停留，和久不見的朋友敘舊聊天，換夜班列車繼續北上。經過丹戎馬林、金寶、瓜拉江沙、巴里文打……這些地方小名你是第一次聽到，不知是怎樣的面貌，和新山有何不同。你愧當半島的人子，你根本不認識你的國你的家，還算有什麼鄉愁呢？

在吉隆坡上車的一名馬來老嫗坐到你身旁，趁著開齋佳節自北海來到首都探望她女兒女婿，臨行前女兒給了她一大袋馬來糕餅。老婦人親切地請你吃了幾塊Kuih Bangkit（椰漿薯粉餅），你微笑答謝。一路上你沒有闔眼，整列車廂都是馬來人，歡喜交談著，空氣瀰漫過年的氣息。你卻「無話可說」，就怕說錯了被笑話，從小學習馬來語還是講得亂七八糟。

火車被遠方的手拉離月臺，窗外則是一片片芒草搖曳出來的黑夜與點點燈光。這趟旅程開始有點無聊了，然而你害怕半途下車折返，因為那裡不是終點站，而且你的心還未復原。

你就是沒膽，北海不也是第一次去嗎，那麼去哪裡都無所謂了，不是嗎。你勇敢的步伐永遠在原地踩著，最後還是回到起點，你只是偽裝勇敢，對不對。

北海過渡

清晨五點鐘，你步出北海火車站，在小販攤吃兩片印度甩餅和一杯拉茶，詢問老闆怎樣渡海到對岸。他指向不遠處，說那裡有渡輪。你越過天色未明的車站廣場，一種強烈的陌生感，和以前剛到臺北時一模一樣。車子停靠又開走，乘客逐一被接走，景色是完全不認識的，不安和緊張油然而生。

你找不到渡輪碼頭的指示牌，碰運氣跟著別人的步伐往前走，穿過狹長的走廊，上臺階，眼前馬上湧現人群。告示牌寫著成人／$1.20（一．二馬幣約為新台幣八元），是渡海的票價，你不假思索搭上往檳島的第一班渡輪，離開了馬來半島。

站在護欄邊看著船駛離港口，浪花在船尾燦開，你聞到一股油氣和煙味，是早晨忙碌的味道。你這境外之人，懷著一顆浪蕩受傷的心前來認識一塊既熟悉又陌生的鄉土，因為你的家鄉尚未定義，你的不確定性讓你越是靠近越是遠離。原來不是只有你在追尋，連帶被你追尋的東西跟著遷移，或者該說逃跑。你的家鄉在逃，一個詩人的家鄉，一個流浪者的家鄉，一個異鄉客的家鄉，在天涯？你不知道。

靠岸，下船。

你又處於熙來攘往的車站，太陽露臉，你卻失去方向。這時，來了一輛簇新的巴士，像是來搭救你離開這裡的困窘。沒想到巴士的終點竟是升旗山（Bukit Bendera），以前小學地理課讀過的，你就要「回到」過去認識的一個地方，像愛麗絲夢遊仙境，雀躍不已。

來到山腳下，走向纜車售票口，售票員打瞌睡沒察覺，你喚醒他，付了錢，進入車廂等。那是由纜繩拉著爬升的小車廂，在45°斜坡的軌道上，不疾不徐被拉到半山腰，然後下車，換上另一條軌道才到得了山頂。

登高俯瞰檳島全貌，灰濛濛的海岸線，鋼骨水泥的叢林，與新山並無二致。你繞了山頂一圈，用手機拍下一棟帶點陰森恐怖的廢棄酒店，一群母猴抱著小猴兒在路邊找東西吃。這時一批泰國遊客上來，嘰哩呱啦把晨早的山頂變成了巴刹（bazaar，市集）。沒有人為你導覽，意興闌珊，只想馬上回家，返回七百公里遠的那個有家人陪伴的家。一個人的旅程是苦悶，尤其在風景區，反而變成旅行團員眼中的景物：一個馬來西亞籍華人徘徊在檳城升旗山。

你不想多做逗留，買了夜間回程車票後，撥了電話給Ｚ，說要送他詩集。Ｚ就住在檳城，寫詩的前輩。你喜歡聊天，沒有界線和尺度的，雖然彼此不認識，但以詩會友，約在一間連鎖咖啡館。等著等著，豔陽天居然變成滂沱大雨。你想Ｚ可能不會來了，週一最忙碌的一天碰上午後雷雨，就算走得開也會被大雨困在車內吧。

他卻趕來，脖子掛著名牌未拿下，北方的雨水濡溼他的褲管。

Ｚ說像這樣的豪大雨，待會兒附近馬路就會淹水了，你說新山也一樣，大雨時海水倒灌一路淹到市政廳。年杪雨季來臨，馬來半島便都泡在水裡，每年泡一次，任誰的生活都會被泡皺泡爛。

初次見面，Z翻閱著你的詩集，逐頁給予評語，那是一本青春物語，二十二歲的記憶與夢想。青春給予無可限量的勇氣和精力，做什麼事都一股腦兒不計代價不計得失。失去了一些朋友，又認識另外一些，朋友來來去去，久而久之記憶淡去就不再聯絡。

Z請你吃晚飯，像一位兄長聆聽你的故事：創作、生活、和家中女人的關係。「對已婚男子來說，寫作太過奢華，一旦有了家庭與小孩，時間要如何分配才不致浪費。」他說。雨一直沒停，Z陪你坐到晚上九點，還買了麵包讓你在途中可以當點心，他的貼心嚇著你，很久沒有被人這般關心照料。

回程

長途巴士上，夜雨朦朧，漆黑的公路把你誘進夢之叢林，做起兒時惡夢，那個二次元扁平疆域不斷延伸成一條細縫的惡夢，彷彿被擠壓在細縫中間，快透不過氣來的惡夢。那時候，你會驚醒身旁的父親，酣眠說夢話，父親拍拍你的背，呵護你再度入眠。不記得這個夢境在什麼年歲消失不見，夜半不再驚醒，父親則伴隨惡夢的消逝逐漸蒼老。終於，你離開他的呵護，遠赴臺灣。

突然間，感覺臉上一陣冰涼，從夢中醒來坐直身子，下意識抬起頭搜尋，原來是巴士的冷氣出口在滴水，不偏不倚落到冰冷的夢境。凌晨兩點，好冷寂的時間點，車子疾駛搖晃，你將背包抱得更緊些，回憶起父親總在半夜將你踢開的薄被重新披上——他用一生的夢為你披上。

抱著這段回憶，漫漫長路，你逐漸暖和起來。

CHAPTER 2

魍魎之書

人情冷暖君休訝，歷涉應知行路難

二〇一〇年三月二十七日

木焱致邦尼：

臺北市有座出了名的行天宮，三峽則有行脩宮，都是奉關帝君為主神。三峽那裡可能比較沒有人知道，但怡靜特別喜歡去，因為算命的說她和關老爺有緣，同樣富有正義感。所以，我們三不五時就開車往三峽白雞山的行脩宮，去燒香參拜，許願求籤。所謂有拜有保佑，行脩宮裡大大小小的神仙拜完，也要一盞茶時間。

以前對於拜神不以為然，覺得都是迷信。大家參與的不是宗教，反而像在進行著一種儀式。每次來到神廟的信眾，撚香敬拜，向神仙報上姓名與住址，祈求之事，然後三拜，插香，再三拜。每個人像被上好發條的小錫兵，重複同樣的動作，從這個香爐到下一個。而我之所以「從善如流」，實在是被逼，一是怡靜不喜歡假日到臺北，二是山上的空氣總比在家裡好。怡靜是為躲避城市的喧囂，我是拋開人間煩惱，到山中呼吸新鮮空氣。

後來我竟迷上求籤，因為每首求得的籤詩幾乎應合了我當下的情境，我覺得不可思議，於是有了挑戰天意的胡鬧想法。比如我在考慮新工作時，抽得此籤：

樽前無事且高歌
時未來兮奈若何
白馬渡江雖日暮
虎頭城裡看巍峨

意思是叫人隱忍，時機未到，不可急，急則顛，不可躁，躁則陷。等萬事具備，自然水到渠成，只不過「名晚遇，財尚遲」，恰恰應驗了詩人的現實狀況。準！

這種神祕的活動一旦相信，欲拔不能，一遇心情低落或左右難為的事，就問神仙。反正神仙說了准，就算後面做錯決定也就不能怪自己了，那可是「聖意」。有時，籤像是一帖心靈雞湯，為你解開深鎖的眉間。或者一位預言師，用未來語給你祝福，好比這文籤：

羨君兄弟好名聲
一意謙為莫自矜
丹詔槐黃消息近
巍巍科甲兩同登

不到一個月，我即得花蹤文學獎，當作是考上了狀元。而我哥幾個月後也小登科，喜獲麟兒。有一次，我甚至抽到籤王，天字第一首，大吉。

最近，為著返馬照料臥病的父親，臨行前特地去向關帝君辭行，卻求得一下下籤，籤曰：

一見佳人便喜歡
誰知去後有多般
人情冷暖君休訝
歷涉應知行路難

雙手合十，我三拜。此乃聖意，此為箴言。且看解曰：

先喜後憂，不宜放肆，大概親而又疏，合而復離，歷涉險阻，竟無成就，兢兢業業，庶免後悔。

此刻，手中的籤詩竟灑落地面，亂了順序。是不是關老爺知道我洩漏了天機，還是我自己給出了暗示？

把這裡的陽光寄給她

二〇一一年三月二十九日

木焱致邦尼：

在馬華文學館給你寫這封信。

三月尾，粉黛花參雜半島的豔陽，飄散在家鄉的空氣中。很喜歡這裡的下午，暖暖的有風，懶洋洋感覺，像是沉浸在咖啡香氣中。怡靜現在一個人在臺灣，同樣渴望這樣的暖陽，好讓陰沉許久的心情能轉晴。或許我可以把這裡的陽光寄給她。

住在臺北那幾年，我都把下午時間花在書店和咖啡館。我在唐山書局可以坐上2小時，翻閱各家詩集、小說、散文，仔細挑選值得收藏的購買，有些因為內容的可讀性，有些因為設計精美獨特，有些則是心儀的作家或詩人。唐山書局坪數不大，但卻是人文書籍的大倉庫，沒有優雅的書櫃，卻有令人驚喜的書籍。

這裡尤其是詩集的集散地，手工和自費印刷的詩集都覓得安身之處，那些喜愛神祕書寫的詩歌讀者三不五時來此尋寶，偶而也會遇上同時泡在此處的作者。有一回，我就聽到一大學生向友人推薦《毛毛之書》。而聽店員說，還有人詢問起《祕密寫詩》和《no.》。可我怎麼也拿不出再版的勇氣和意圖，創作是與時並進的，再版意味著回到過去，過去的事大抵也忘得差不多。偶爾拿起《祕密寫詩》的封面，對照現在的妻，冷冷地對她說：妳現在比以前瘦，呵。人到中年（我仍覺得自己二十五歲）已經在意不了外觀，尤其是體重，最重要還是健康，ＢＭＩ不要超過正常值就安心啦。

下午是我的閱讀和發呆時間，一本書一杯咖啡，有時多一塊蛋糕，我就高興地感謝全世界。酌飲著黑咖啡，把自己的思緒投進文字叢林裡，我變成書寫者或故事主人翁，看到精采處倒抽一口氣，閉目回想。閱讀把人帶往作夢的時空，書寫者持續造夢，咖啡和音樂則是催化劑。我的臺北下午茶，便是咖啡加書本等於做夢。

不知道是因為詩人愛作夢，還是愛作夢然後才寫詩的，我倒是在咖啡館寫了不少詩。有一首〈Goodnight Taipei〉作於離開臺北的前夕，在我常去的雪可屋咖啡館，靠著細雨紛飛的玻璃窗，安靜地寫在紙上。

今夜，我跟你睡，臺北
把溼掉的外衣脫下
天亮以後
它自然會乾

我跟你睡，因為
路上行人對我陌生
捕捉不到一張熟悉的臉孔

你說的寂寞，我懂

我不是因為慾望而來
樹葉不為晶瑩的雨漬而來
火焰照亮一切被注視的
你知道意義的深沉
速度中彼此變換了姿勢

今夜屬於雨的臺北
誰將拎走誰回去睡
夢的真實在杯口徘徊
啊！溫度
懷抱之後我們該冷藏
永遠的感動

什麼也別說，親愛
在這裡，接吻是最好的告白
吻別後的臺北又將晴朗

在機場和妻彼此親吻臉頰作別，不知道吻別後的臺北是否晴朗，不知道伊人的眼眶是否明亮？如果她閱讀這首詩至末尾，是否就會收到我預先寄給她的——陽光。

我們還需要詩人嗎？

二〇一一年四月二日

木焱致邦尼：

之前對你說過，我已經不當詩人有一年。為什麼這麼說，那一年裡我沒寫詩，不只沒寫詩也沒在讀書，沒有思考。

不寫詩的日子，我落入醜陋馬戲團，扮演一個戲耍者。在觀眾面前，嘻皮笑臉扮好人，認真做好一切不合理的交代，譬如要同時操弄一百個火炬。我為什麼必須向誰交代，因為那個誰給我飯吃，讓我沉浸在平穩的幸福中。我是馬戲班裡頭一個雜耍，每天認真地練習，好讓觀眾買票入場給予歡呼與掌聲。

不寫詩的日子，我明白了周圍的人集體裝瘋賣傻，只為有飯吃，為爭取首席甚至不擇手段，汙衊造謠來拔除眼中釘——那卸妝後清醒的小丑，他看到一切真相。清醒的小丑一直看著真正的小丑，滾著偌大的銅板在觀眾面前繞呀繞，逗得大家開心了就往舞臺丟擲更多的銅板。真正的小丑無法卸妝，因為小丑妝已然成了他的臉孔。

不寫詩的日子，我看到許多跳火圈的獅子，來來去去，燒傷了尾巴，燒傷了威嚴，失去了兇猛。火箭人屢屢把自己塞進砲管，然後鼓起最大的勇氣拉開火信，砰的一縷白煙冒出，身體飛了出去，心卻還在砲管裡擔心下一場的演出是否同樣順利。醜陋馬戲團的經理要他們認真賣命，否則沒有薪餉，沒有飯吃。

興許你當作是玩笑，不寫詩的日子裡，我看到他們西裝筆挺，開車到公司，打卡之後換上戲服，開始扮演董事長、總經理、生產經理、品保經理、主任、課長、工程師、技術員、醫生、商人、研究員、業務員……唯獨少了老師，因為薪水太低，他們易容後離開了馬戲團。

但是，馬戲團可以有詩人嗎，他的表演會讓觀眾喜愛嗎？——馬戲團的詩人說真理，講箴言，諷刺。觀眾倒覺得好笑好玩，因為從來沒有人那樣講過，真是奇怪的言談。背離世道價值的詩人是一個很好笑、很成功的表演者，他正常講話就可以有飯可吃，有錢可拿。

最後，他問了大家為什麼要吃飯？短暫靜默之後，觀眾先是抱肚大笑，表演者順勢帶動氣氛，笑到終極流出了淚水，因為太好笑而無法停止，無法停止之後就到涕泣。大家笑到哭，無法停止，整個帳篷裡哀號聲四起，詩人很滿意。

詩人的一句話，大家為什麼要吃飯，好笑到沒有人會去回答。

這幾年我寫了詩

二〇一一年四月五日

木焱致邦尼：

《文匯10》編輯來信請我提供花蹤馬華文學大獎的得獎感言。因為時間緊迫，我進入電腦各個檔案，找尋合適的片段，以便應急。許多都是以前發表在報紙副刊的詩觀，不想「重蹈覆轍」，更不想唬弄亂寫。

關掉電腦，去廚房倒了杯開水，到後尾房摸摸父親額頭，燒還沒退。取下溼毛巾，扭乾，放入幾個小冰塊捲成條狀，再置回父親額頭。以前遠在臺灣用電話「照料」，現在近在床邊手腳並用，三不五時噓寒問暖，可心卻不完全放在這上面。總是一心多用，想著感言，想著即將付梓的自選集，想著這些年寫的東西，以及去年一整年沒有任何詩歌的誕生。

打開電腦，我寫下：

我〇七年辭去臺北的工作，返馬照料罹癌的父親，第一次因為父親不肯配合治療而在醫院對他咆哮。〇八年找到理想中的工作，離家裡很近，騎單車只需十五分鐘。〇九年邀請父母親到臺灣小住一個月，帶他們四處遊玩，鬧了不少笑話。一〇年父親再度被診斷出另一處癌細胞，我往返兩地數次，帶他去作檢查和治療。一一年我又辭去工作，陪伴父親，為他清理溢流的糞液，包紙尿片，喂他吃藥喝蔬果汁。這幾年，我寫了詩。

是的，這幾年我還是有寫詩，斷斷續續的，閃爍於生活的縫隙。〇七年寫了〈我曾朗誦你〉、〈從古巴歸來〉；〇八年完成〈請不要誕生一個詩人〉，原題目為〈尋找一個詩人〉，取於〇六年；〇九年因為北島的一本散文劄記《時間的玫瑰》寫出好幾篇向西方詩人致意的作品，還有帶著父母遊基隆而最終誘發出來難得的一首131行長詩〈八月二日，東北角遊記〉。二〇一〇年沒寫，有的只是殘篇。

生活一直把我拉進現實，我卻又藉文字得以逃脫，遇到煩膩時候，卸下詩，叛逆回歸現實，做個簡簡單單的人子。創作有計畫等於沒計畫，寫詩有一搭沒一搭。我想，我不是你講的卡夫卡或海德格那樣，可以安然堅定地「向下」，我是他們的魍魎，飄忽不定，行蹤成謎。

二〇一一年伊始，我返回南馬的家，寫了幾首詩和上面的感言。是否就順利接續了我以前的創作，量和質有多少改變，言之過早。我又能「回到詩」多少時間？在詩集的後記，我留下：到此為止，一切作廢。

然後，我要寫詩。

靜到突然擁有一切喧囂

二〇一一年四月十六日
木焱致邦尼：

躺著是標題，內容無聲無息
湊不成一首詩讓你拄著好走

在未開始這封信以前，先哭了一遍。因為，父親。我要告訴你，父親，如何躺成標題，而我湊不成一首詩讓他拄著站起來。

發現父親直腸癌已是去年十月的事，他到中央醫院照大腸鏡，先在家裡喝了瀉藥，不知是藥效不夠，還是腸道已經阻塞得厲害，穢物未完全清除。照大腸鏡當天，我和他經歷漫長等待，過了中午才被護士領進檢查室，卻不過十分鐘便出來。他以一點羞愧和好笑的語氣對我說：「腸道沒通乾淨，看不清楚腸壁組織，拉出儀器時，半截大便射了出來，飛得老遠，護士們忍住笑，我連連說Sorry。」醫生叫我們先回，換了另一種強力瀉藥，下次再來。

下次檢查的結果，確定了腫瘤的位置與大小，我的腦海再一次被疾病所侵佔。

回到臺灣，我馬上到醫院做腸鏡檢查，並以父親情況徵詢專科醫生意見，同時致電臺灣癌症基金會，有關治療的種類，預後的調養，飲食的攝取。我買了很多抗癌食譜，上網查詢各種化療用藥的作用、副作用與臨床結果。我不是專家，更非醫生，我以一個唸理科的頭腦收集資料，篩選和分析。唯一希望，父親還有救。

唯一不打算研究的是背影

最想要告別的是想法

父親萬萬沒想到，起先的便秘，後來的肚瀉，是腸癌的最後警訊。而這次，他不再樂觀，連續作了六次化療，抵抗力驟減，胃口變差，身體自然瘦了。他躺到床上，因為腸胃不舒服，翻身抱起枕頭。父親的背影，突然攏起山嶺，咳一聲，抖落多少嘆息。不想看到這樣的背影，卻不得不靠近，告訴他：還有希望。

一家人似乎有著默契，沒有人在他面前掉淚，我們開心地準備早點、養生餐、有機蔬果汁。我還整理了一張飲食時刻表，幾點喝牛奶，幾點吃藥，幾點作早操，幾點讀報，幾點休息睡覺。叫他什麼都不要去想，安心靜養，他一定也聽得厭煩。如果想法能治癒一個人，讓心理影響生理，我會寫無數歌頌生命的詩唸給他聽。

對愛
靜到突然擁有一切喧囂

跟父親一同躺在床上，聽著他的呼吸。風扇轉著，外頭開始下起雨。我突然明白「靜到突然擁有一切喧囂」的寓意。

＊註：以上斜體詩句引自臺灣詩人李進文長詩〈靜到突然——給父親〉。

青春有限，短詩有理

二〇一一年四月十七日
木焱致邦尼：

剛在你家裡喝了酒，酡紅雙頰，笑談你這兩年稿費賺進不少，更有屢屢被要求修稿和被退稿的鳥事，堪稱馬華藝文怪談異誌。哪天定有那個黃錦樹的追隨者，把這一干人等一頓痛罵，之後，又被奉為大師。

這兩年，你不只寫社論，文藝和生活副刊皆是常客，幾乎成了駐報作家。你更把文學的觸角伸入書評、電影、藝術、表演文化，著實成為一名雜家。可又不是一般的，只會班門弄斧的，除了評論，你還創作詩和散文，想必哪天你就寫出一本長篇小說來。我佩服你的能量，沒有一定的專注力與持久力，作家會被沖進大海。

突然電話進來，你拿起聽筒就唸了長長一段李清照，我喜歡的李姑娘，她的多情與風情，她的詞語每一字無不勾著我的心。然後你說了一堆中國文學史的東西，聽得津津有味，卻都是中學時期讀過爾後忘了一乾二淨的。可知，那時的華文課不是教我閱讀文學的樂趣，而是考驗背誦文字的腦力。

我還記得高三時，指定《紅樓夢》列入畢業考題，同學們無不抗議，一大本書如何能背得，那些個人名，做過啥事，死了誰，誰又害了誰。神知道，鬼知道，天知，地知，就我們不知。忙著準備統考，沒人有閑情理會黛玉為什麼要葬花。直到現在，我仍是不敢翻閱這部古典名著。

我知道你一定搖頭說：木焱呀，你是詩人，怎麼可以不讀《紅樓夢》？

因為專注力不夠，我閱讀小說沒辦法從頭到尾一氣呵成，每次停頓後再讀，就得重來，這樣反覆幾回，永遠讀不到最終章。而讀詩就不一樣，我一眼可以看完一首詩，當然那肯定是短詩，若是長的，我一樣讀不完。

另外一個原因，我有太多雜事，無法騰出充裕的時間沉浸在小說世界裡，頂多看個推薦序言或後記，就算作讀過。青春有限，哪能花時間在幾十萬字裡玩貓抓老鼠。正因如此，我寫的多數是短詩，一下子就可以背了走，在任何時間地點拿出來回味、朗誦，總比抱著一本厚厚的書不知道何年何月讀得完來得強。

可惜啊，現在短詩沒行情，一首才二三十塊馬幣，還要被塞版屁眼。儘管不讀小說，還是胡謅個幾十萬字，先賺一輪稿費再賺出書版稅，總比抱著一本薄薄的短詩集不知道何年何月賺回本來得強！

The Taiwan Patient

二〇一一年五月三日

木焱致邦尼：

邦尼，我得了一種胡言亂語的病，症狀是思鄉、離散、口是心非、整夜難眠。我回首自己是怎麼得病的，如果真的嚴謹追究，那要從十五年前離開家鄉新山說起。但我有一段很長的時間沒有發病，直到我發現在自己的家鄉沒有發言權，遂得了失語症（Aphasia）。

那夜，在南方學院聽李有成老師的學術研究分享，彼此談及離散。「離散」（diaspora）原本是指猶太人亡國後，被迫流亡世界各地，顛沛流離的慘狀。廣義來說，離散又衍生泛指慘遭劇變，而被迫大量離鄉背井、客居他國的民族，譬如亞美尼亞人、美洲的黑人。這種遷移通常都發生在暴利與死亡之間。移民的後代在生於斯長於斯的他鄉，是否還有「離散」感覺？

我說了三個例子，一九九七年香港回歸中國大陸，我站在宿舍的電視機前觀賞現場交接儀式，臺灣同學兀自翻閱日本漫畫無人關心。當我看見五星旗被解放軍拋出而飄盪在東方之珠的夜空中，心裡多麼澎湃，我以身為華人而驕傲。

留學時期，返鄉總和家人分享臺灣經驗，幾次在父親面前大讚臺灣的公共建設與文化水準，父親不以為然，心底不是滋味。我心想，馬來西亞縱使有許多改進的地方，也不能光說別人家的好。我大概受了點影響，回到臺灣卻和同事強辯大馬美食勝過臺灣，這是怎麼一個變態心理?!

而最近因為北京維權藝術家艾未未被中國政府抓走，引起藝文界的注意與聲援。我從報刊上得知，寫了一首詩〈我現在知道誰是艾未未了〉。臺灣《自由時報》沒多久便刊登了這首詩，我遂將之貼在自己的部落格，用意是號召馬華創作者一齊關注，卻不知友人擔心的不是艾未未，而是部落格將被中國政府屏蔽。

現在，我審視這三件事。如果我是一個道地的馬來西亞人，不該因為香港回歸而雀躍，我必須愛國並且死都要在海外朋友面前稱讚大馬的好，並和國家政策一致，不談政治，不選反對黨，不談公理對錯，和中國政府保持友好邦交。

一個馬來西亞是否依此建構？我是一個馬來西亞人而不是移民後代？然而，我不是，別人也不認為我是。我批判，我揭露，我撻伐，我離散。在身分認同上離散，在文化認同上離散，在政經體系上離散，最終離散變成了對抗。離散讓我成了一個流浪人，沒有國界，沒有身分，沒有名字，沒有家……

你看，我又胡言亂語了。上面所寫的都不是真話，因為我生病了。我是一個臺灣病人，等待救治。

雨中書屋

二〇一一年五月十六日

木焱致邦尼：

在七里亭泡沫紅茶館吃著午飯，你從千里之外傳來一通簡訊：這裡是午後大雷雨中……

怎麼臺北和古來的此時都在落雨？這場雨解了臺北城的渴，夏日不愁喝。你那邊的通常是傾盆地倒，伴著響雷，剎那間就打在家門前，可怖。

我從公館捷運站走到溫州街，紛飛的雨澆不溼我的衣裳，一路坑洞水窪反而弄溼了鞋。我立即躲進剛開門營業的書店，收起雨傘，雨水澆不熄的還有我的書癮。選了書店一處角落，放下背包，像往常一樣先走到社會人文科，瞧瞧哪些大師又發表或被整理出其思想論述。然後蹲下來，由左往右，查看外國翻譯著作。發現Harold Bloom的*How to Read and Why*中譯本，人民幣三十元。我曾拜讀他另一本文學批評《影響的焦慮——一種詩歌理論》，其大膽的狂思與批判吸引了我，是一位具有原創性和最有煽動性的文學批評家。

再過去，是Milan Kundera的《相遇》和《笑忘書》，翻了翻，讀了關於博胡米爾・赫拉巴爾和安德列・布列東的篇章，輕描淡寫，《相遇》像演講稿的彙集，原來是本文藝隨筆，人民幣二十元。

在書店讀了兩個小時的散文，周作人和徐志摩的。周挺有趣，中學時讀過，現在讀他的北大回憶，寫同儕亦是北大奇人辜鴻銘的趣事，怪人劉申叔的軼事，令人莞爾。徐的文采則是濫情和激情的，蠻喜歡〈我所知道的康橋〉。

還有兩本新編的古書，《離騷全圖》和《毛詩品物圖考》。前者乃是以屈原《離騷》為文本，加入各朝各代對個中篇章的繪圖，是一本插畫版的《離騷》。後者則將詩經中出現的各類植物和動物（怪物），另外作注介紹，並以毛筆描繪，栩栩如生。這兩本因為是線裝，貴些，各為人民幣三十五元。

雖然書價換算成新臺幣只須乘以五・五，但我不敢買，書本堆多了很難處理，要放在臺灣還是運回大馬。若真要買，還是論斤兩，看秤砣，以字數價格比來計算，最後買了義大利小說家卡爾維諾《短篇小說集》，上下兩冊，人民幣四十八元，算作今天的戰利品。

唉，雨愈下愈大，現在根本走不了，被困在茶館，想就這樣寫到夜晚，只有這種情況可以毫無顧慮地寫下去，寫多了這封信會不會因此溼掉，真變成你說的魍魎之書了。

新山的憂鬱

二〇一一年六月十三日

木焱致邦尼：

詩人在在證明他的魅力，總是交替在咖啡因與酒精之間，明顯變化。然而一切都只是幻想，與存不存在那間酒吧或咖啡館沒有關係。

——〈與詩人何關〉

你在我的詩集序寫到我所創作的散文詩太波特萊爾，想必是指《巴黎的憂鬱》。我是在臺北的最後一年寫下那些憂鬱篇章（之後返回新山居住兩年）。那些短篇發生在同一家咖啡館，煙加酒加咖啡，醞釀出來的文字，我稱之為魔幻，像是中蠱，在昏黃的燈光下，進行血肉的祭祀。

波特萊爾是嗑鴉片的詩人，我則是酗咖啡和酒。他給巴黎寫了《惡之花》，我給臺北寫了〈與詩人何關〉。其實，我應該給自己的出生地寫些什麼才對。畢竟，我出生在士古來，求學於淡杯和新山，整個少年發育期都和新山脫不了關係。

在濱海的中學圖書館，我寫作自己的處女作，一篇講述理想的小說。我借閱館內為數不多的臺灣詩集，抄寫泰戈爾的《漂鳥集》，追看巴金各類短篇小說集。這些讀物啟蒙了一顆奔放的心，卻盲目地一頭栽進文學的迷宮裡。如果那時，有個像《春風化雨》（*Dead Poet Society*）中的老師，喊出「O Captain! My Captain!」[1]，

---

1 美國詩人惠特曼著名詩篇〈O Captain! My Captain!〉，在電影《春風化雨》由老師基廷（Robin Williams飾）朗出，傳授了「把握今天、及時行樂、認識自我，才能走出不一樣的路——的真諦。

我便能覺察自己的志向，便能肯定自己：「這便是我的路」。

爾後，居留臺灣的日子裡，我的創作總會出現新山的影子。我寫「回家」，是那個回不到的「新山的家」。我寫「想家」，是那個想到模糊了的「兒時的家」。每次動筆「回家」，都是在臺北的書桌上，用筆畫代替行走，用想像代替飛行。在這邊，我構築心中永不更動的一個家，那是從小到大的家的原型——歡樂的家庭，不會衰老的容顏，不曾離席的主角。

波特萊爾寫作《巴黎的憂鬱》時，心情是如何的呢？他以「一種詩意的散文，沒有節奏和音符的音樂」，表達了對骯髒而畸形的現實社會的鞭撻。而我懷著新山的鬱結，多少流露出對現實的不滿與反抗。如此，我發現自己歸國返鄉的第一年即寫出來了——〈浮城，鴉影，阿福街〉。

但是，顯然寫得很糟，沒有給人留下印象。我還不清楚創作生活這條路，路上得忍受的孤獨和掙扎。我想，還得磨練一陣子，不再藉由咖啡和酒，學習謙虛與深沉，才能創作出「更自由、細膩、辛辣」的〈新山的憂鬱〉。

沒有摺痕的城市

二〇一二年三月六日

Dear Benny

我在新加坡，在Redhill組屋區的五腳基食閣喝kopi，待會兒要到Polyclinic去取X光報告，以便申請這裡的工作證。

命運兜轉，十五年前離開新山，在臺灣駐留有十三年之久，住過臺北公館、基隆、土城、雲林麥寮、高雄，如今返回的地方卻不是自己的故鄉，而是一水之隔的獅城。我提前降落在這一座小島，島上似乎已不是兒時所認識的，這裡經已充斥許多外來者，伴隨著他們的語言、行為、愛恨、外表，當然避免不了的社會衝突。

臺灣的自由，在這裡是有限的。臺灣的創意，在這裡已經開始，因為現今Know How是可以買賣的。臺灣的飲食，早就虜獲熱帶的味蕾。其實不只是臺灣，還有日本、泰國、美國的，所有帶有商機的軟硬勢力，都進駐一棟接一棟的購物商場，一處連一處的大型工業區。在比肩摩肘的新加坡人群，營造出一種國際化、地球村、種族融合、民族大薈萃的繁榮景象。

但是，對於我來說，新加坡已不再是「新加坡」。

在新加坡，我又是臺灣來的一個魂，開始在組屋林立的方寸之地尋找可以棲息的肉身。我便將隱藏在這個肉身底下，成為一名馬來西亞籍華裔新加坡永久居民的臺灣詩人，是否符合後殖民離散研究的對象。內心找不到家鄉，找不到將來可以埋葬我的土地。我仍舊找尋，不同身分、不同時空背景下的歸屬。

這正是「為賦新詞強說愁」，也是一個自覺者擁有的特性。他的感受力永遠比其他人來得強烈和優先。他是繽紛世界裡的一朵憂愁，在擾攘人群中怒放。他也追隨快樂、幸福、安定嗎？誰不想要，他也不例外。然而追求的途徑很多種，獨他選擇了最荊棘的道路……

清晨的掃街車在馬路邊工作，車輛秩序地行駛，我在高聳的夾層縫隙啜飲南洋咖啡，思考一個詩人在獅城的創作生活與身分問題。

一名服務生走進，不假思索地問我：「makan（馬來語「吃」）？」

啊，在他們眼中，我原來、畢竟、根本是一個「馬來人」，或者首相先生的說法，是「一個馬來西亞」人，這麼簡單而已。

這麼簡單而已嗎？

一個聯邦人，由島至島

二〇一二年三月四日

Dear Benny

我在kopitiam（咖啡店），星期天，陰晴不定的下午。我終可放下身上的雜物事，帶著辛波絲卡小姐（喔，那永遠年輕可愛的波蘭女詩人），選擇喧嘩中的一處角落，有竹叢有窗格有輕風，就在這樣的畛域，憑弔一位我所愛慕的詩人與回味她的文字。

我翻開詩人一九七六年出版的詩集《巨大的數目》，讀著這首刊頭詩，怎麼就讀成了自己的現狀。

地球上住著四十億人，
但是我的想像依然故我。
它和巨大的數目格格不入。

正如我捧著詩集，鄰座的少年在嬉笑哈啦抽菸，啃食油炸食物。我在思考人生這永不終止的命題，他們在消遣一則不好笑的笑話以及機械式地滑動手上的智慧型手機與掌上電腦。

有時候，我也想同他們一樣，天真爛漫無知，無憂無慮；但我總是顯得格格不入，就像現在，只有我在kopitiam內讀詩，寫信給你。

一如手電筒的光，
它飛掠過黑暗，
只照亮最靠近的幾張臉孔，
其餘則視若無睹地略過，

從未想起，也沒有遺憾。

曾幾何時，年輕的瞳仁散發出照亮黑暗的光，這不是詩人顧城獨有的。我們一行人都曾經擁有年輕的理想與青春的肉體，但是漫長的黑暗將部分光芒吞噬，它們不再繼續發光（難道它們選擇了黑暗？），而其餘的繼續旅程，孤獨的，忘卻自己曾有過的同伴，莫可奈何呀！幸好，我們的光同時照亮在一塊兒，不致黑暗持續擴張。

即便但丁也難免如此。
其他人當然更不用說了。
就算所有的繆斯做後盾。
我將不會全然死去——過早的憂慮。
但我是不是全然活著，而那樣就夠了嗎？

詩人絲毫不畏怯，接著拋出棘手的問題，詰問的對象不是別人而是自己。如果我是那一束光，是不是不停照耀，那樣就夠了嗎？

邦尼，你說說看，那樣就足夠了嗎？我們周遭的朋友會怎麼說，時間不夠用、錢不夠、愛情不夠、玩樂不夠、快樂不夠、刺激不夠，肉體的關係與欲望一直不能滿足。當中，是否有人會說出，我的靈魂不夠，內在不夠。而不論他們或我們，都不會全然死去，然而「希望」已經愈來愈小，隱沒在黑暗中。

一首小詩，一聲嘆息，以難以言喻的損失做為代價

對這如雷的召喚我以耳語回應

…… ……

我的夢——即使它們未能，如其所當有的，擁有稠密的人口。

它們擁有的孤寂多過群眾和喧鬧。

正如在我面前，川流不息的車潮，各式嶄新的車子，打扮入時的男女，消費的群眾和嘶吼的排氣管，我卻靜寂得像一首小詩，幾

行幾字，堆砌一座空屋，等候擁有稠密的聽眾。

有時亡故多時的朋友前來造訪片刻。
一隻孤零零的手轉動門把。
回聲的附件瀰漫空屋。
我跑下門階進入一座寧靜，
無主，已然時代錯誤的山谷。

此刻，我處於此一空間，想著你和我們亡故的朋友。

CHAPTER 3

靈魂的居所

在地與異地

週末中午時分，和搭乘飛機而來的大馬詩人呂育陶以及搭快車而來的評論人楊邦尼約在Bugis MRT的C出口碰面，準備參加下午兩點在新加坡國家圖書館舉辦的第一屆方修文學獎頒獎典禮。

我從四通八達的捷運交通樞紐出來後，跟著邦尼走進地下街，感覺在分支無數的螞蟻隧道中竄走，我迷失在「五光十色」的霓虹地下城。身旁飄來各種異國美食的香味，擦身而過的是各式服裝的遊客、新移民與新加坡人。邦尼老神在在的帶路，他曾在市中心工作幾年，又在新加坡攻讀碩士學位，對這一帶的發展與變化並不陌生。

邦尼笑說：「木焱，你在新加坡工作好幾個月了，怎麼好像外國人不識路。」

自從三月我遷居獅城，週一到週五的白天都在裕廊島（Jurong Island）上工作，下了班回到裕廊西（Jurong West）的租屋處，我等於是個「裕廊人」，從沒跨出裕廊區到其他區，如City Hall、Orchard Road走動。就算週末返馬，也只是朝往第一通道來到位於Woodlands的Kranji地鐵站。新加坡小，曾被臺灣前外交部長陳唐山比喻成「鼻屎般小的國家」，但對我來說新加坡之大，是因為我的心還無法跨出去。

邦尼說：「你根本是個在新加坡工作的馬來西亞籍臺灣詩人，一點都不在地。」

我不得不承認，我無法融入新加坡生活。在獅城，我是來賺取高額兌換率的外勞，是獅城政府用心引進的擁有技能的專業人士；他一開始就沒有把我當成一個居民看待，無法享有和當地居民同等的社會福利。我是來給獅城政府打工的，他也需要我的勞動力來建造一座更輝煌，全世界薪資最高的先進國家。

我在一篇刊登於《聯合》早報的散文中寫道：「在新加坡，我是臺灣來的一個魂，開始在組屋林立的方寸之地尋找可以棲息的肉身。我在高聳的夾層縫隙啜飲南洋咖啡，思考一個詩人在獅城的創作生活與身分問題。」

因為工作與家庭的緣故，我不得不繼續留在獅城，開始計畫如何在地化：如何在週末走出裕廊，到市中心看畫展逛書城，約獅城文友談詩論藝。而在九月一日，從迷宮般的地下街走出來，前往頒獎會場親自領取在新加坡的第一個文學獎項，我已經踏出第一步，即成為一名「馬來西亞籍華裔新加坡永久居民的臺灣詩人」。

哈哈，我骨子裡終究是個「異鄉人」（The Outsider），不論在地或異地。

南峇山腳下，文學的種子

前幾年，當時我還住在柔佛古來時，我和居鑾中華獨中的廖國平老師通了電話，打算到鑾中給學生們講一堂關於詩歌的課。我素聞這所中學的文藝氣息鼎盛，並不是道聽塗說，而是舉凡文學獎項和文藝副刊皆出現有此間學生上榜。如果再追溯下去，馬華文壇中的廖宏強、黃錦樹、鍾怡雯，乃至同輩詩人劉藝婉，都是那裡的校友，一籮筐的文學成就。我內心很想知道，為什麼那兒可以「盛產」出這麼多優秀的文學創作者？

可惜，我和廖老師那邊的時間始終配合不上，爾後因為自己在教學生活中沉淪起伏，又忙於經營文字專欄和編輯《蕉風》，一直到我離開馬來西亞都沒能成事，這個打算就一直擱放在心裡。

二〇〇七年八月，邦尼到鑾中擔任文學獎的新詩組評審，隨後在其專欄大力讚揚鑾中的文學風氣與當日獲獎同學的激情感言。又寫到廖國平老師如何運用有限資源編出了一本學生詩文合輯，如何鼓勵學生創作並且參加文學獎云云，叫我更對鑾中學生憧憬，滋生出某種文藝的想像。我所憧憬的不在於其校舍有多大多美，我憧憬的是那一群對文學還一知半解，卻已經一頭栽下去的文藝少年。

終於在十月的最後一天，我藉著返馬推介自己的短詩集《毛毛之書》，和廖老師敲定這天到鑾中，辦一場題為「詩意的場所」的詩歌演講。我同時也邀請住在古來的邦尼一起前往，他負責下半場，發表論文〈讀木焱詩：晃漾的年代〉。

路上，我和邦尼聊起北島。他與我分享幾個研究北島詩作的主題，甚為有趣。早前，我跟他借了一本早期的北島詩選，一九八六年由新世紀出版社出版，裡面的詩作幾乎都是我未曾讀過的，除了那首有名的〈回答〉：

告訴你吧，世界，
我——不——相——信！
縱使你腳下有一千名挑戰者，
那就把我算做第一千零一名。

我拿出大學時期買的實驗記錄簿，想將北島的詩作一首首霍霍然地抄寫在上面，才發覺現在要靜下心抄完一首詩是艱鉅而且考人耐性的工作。大學時代那個當夜班保全員，邊看門邊抄詩集的小伙子已不復在了。

我向邦尼推薦黃遠雄即將出版的詩集《等待一棵無花果樹》，說集內的每一首詩都是佳作，詩質保持在同等高度。對一個創作者來說，是長年修行而得正身——一棵無花果樹。我開玩笑說，想要「與遠雄同行」，但詩作屬中慢拍，不適合我這種喜歡超速駕駛的人閱讀。此時，我們已經上了高速公路，時速上達每小時一百二十公里。

邦尼指路，我開車，兜兜轉轉終於抵達鑾中。廖老師安排兩班商科學生和兩班理科學生來聽講，各個年輕奔放恍若當年的自己。聽說那裡頭有一名才拿到鑾中文學獎的女生，我心想待會兒她會問些什麼呢？

講堂內約兩百個學生坐定，我迫不及待開始講起「詩意」。

詩意乃一種美感經驗，這個美感經驗是把視覺上的美麗事物，透過文字去營造情境，來觸動讀者的想像，產生有別於現實世界的美景幻象或感覺。也可以反過來說，它來自於心靈所烘托出來的情境，內心的描繪，最後對應外在視覺的呈現，投射於外在的物景。諸如四季更迭的大自然變化、老人的慈祥樣貌、小孩的天真笑臉、山嵐之飄逸、大海之遼闊與對時間之迷思都是，而能直接和間接帶給人們一種美和喜悅。

可能是人數多了，我的話也跟著多起來。講著講著就超時了，只留下二十分鐘給邦尼為《毛毛之書》做一個概括性的介紹。

發問時間，我時不時暗示同學們要像追星族那樣衝到講臺來購買詩集，若還未能領悟何謂「詩意」，就需要買一本詩集回去看。結果座位席開始嘰嘰喳喳，你看我我看你，卻不見人上來；想當年我也如此羞澀過，深怕問錯問題被同學取笑。最後，我播放了一首西班牙詩人洛爾卡（Federico Garcia Lorca）的詩文譜成的吉普賽歌曲作為結尾。

當大家作鳥獸散時，終於有幾個學生上前來買詩集，其中一個小女生低聲問：寫詩一定要講究意象嗎？什麼是意象？為什麼要寫詩？我暫停簽名，沒預料到會是這種問題。就好像一個專司定義的哲學家，一生從事哲學研究，從來沒去想過要解釋哲學是什麼。

我快速地回答她，我希望可以多講一點，比如沙特所說，意象「並非是一個物」，而「是屬於某種事物的意識」，「它在變成一種有意的結構時，便從意識的靜止不動的內容狀態過渡到與一種超驗對象相聯繫的唯一的綜合的意識狀態」。（《論意象》，

一九三六，沙特著）

我不善如此冗長的解說，我的記性不好。何況如果照這樣子說出來，可能弄巧反拙，就有太多解釋不完的哲學名詞了。我知道她並非滿意我的簡短答覆，不過她得趕回班級上課去了，我們便結束交談。過後，廖老師提及那幾名買詩集的學生幾乎都是唸理科的，我倍感欣悅，我本身也是理科生，卻對藝術著魔，從事文學創作。

廖老師請我和邦尼吃中飯，席間請教我們該給中學生讀哪些詩人的詩集？我開玩笑地說讀席慕蓉，後來又說余光中。不過，我最後還是認真地向他推薦夐虹和林泠，因為她們都是我的詩歌啟蒙。廖老師則是給學生讀北島和陳黎，我嚇了一跳，因為北島的詩著實不好讀，頗難感覺箇中詩意。我遂建議以主題來選取各方詩作，例如情詩、女性詩、社會寫實詩、反戰詩等等。而鑾中文學有今天的豐收碩果，也得力於全校老師在課堂上鼓勵文學創作、投稿及參加文學獎。這是其他獨中沒有的，變成了這座山城的一個文化象徵。文學不只承載了一個時代的文化，也蘊含了個人的生命與生存的精神。在人們逐漸丟失品德的將來，文學自有它的用處。

離開鑾中之前，我們逛了一下圖書館。我特別留意《藝術家》雜誌，因為在我的母校，這本雜誌是需要經過訓導處「審查」的（還包含村上春樹的小說《挪威的森林》）。舉凡雜誌內的裸女裸男畫，都得先用麥克筆塗一層「馬賽克」，才放回書架（那「馬賽克」實是把藝術擦掉，而擺上去的反而是色情了）。然而當我翻開這裡的《藝術家》，內頁的裸女馬上在我眼前展示她們那對柔美的雙乳，一種自然之美。我猛一抬頭，才發覺自己站在左右兩側的透明窗扉所透射進來的光暈中間。左邊窗外似是「悠然見南山」的Gunung Lambak，右邊是濃濃舊意的一排半磚瓦校舍，我突然明白為什麼這裡可以盛產許多的文學創作者了。

靜謐的午後，當我們走出圖書館，經過一條五米長的短廊，再推開一扇鐵灰色的厚門才走到出口，我轉頭對邦尼說道：「開放的思想是需要好好保護的，所以才有了這道門」。這道門的後面，我找到了詩意的所在。

一道門，一條通往知識寶庫的短廊；一座山，一排老舊教室。對我來說，這，就夠了。希祈這群熱愛文學的少年，在未來能有所表現。在南峇山腳播下文學的種子，終將在世界文壇放光芒（也不過是一眨眼的事了）。

候鳥微積分

二〇一四年四月十二日暫居新加坡的北馬作家林韋地邀請我到草根書局做一場創作分享會，我把題目定為「候鳥微積分」，除了是我最近出版的詩集名稱，也象徵了我這三年的遷移就像候鳥，從北到南，由南到北，不停更迭。

至於微積分，是我在臺大念化工系時的必修課，可分為兩部分——微分和積分。這個學術名也曾出現在我創作的第一首長詩〈2〉，詩寫在我22歲生日前夕，是我送給自己的一份禮物，其中有一段是這樣：

在一堆2中尋找我的愛情，我的

母親，我的童年，我的妻子，是很
難的，我微積分又不好，算數不好，
一堆2總有的體積，很難解釋，淚水
應有的面積，除以2，加2，乘2，減2
都不符合我算出來的循環數

而人生旅途就像一題解不完的微積分，面對難題我們一再微分，探尋問題的核心；面對時間長軸我們積分，累積過往經驗以換取成長。

我搭捷運到了Bugis Junction，出了站我便又迷失在塞滿人群的假日廣場，繞了一圈找著North Bridge Road，沿著街衢走向國家圖書館，草根書局就在對面的商場。韋地已在草根等候多時，他請我吃有記鴨肉飯，我們談了一會兒太陽花運動與網路上的討論。我很好奇他住臺灣的時間僅止於小學，卻對於臺灣社會乃至於政局那麼地敏感和關心，甚至因愛之深而和網友開戰。他在行醫之餘，會義務到草根幫忙，就為了讓華文文學繼續在新加坡開花。

新加坡基本上是華語文的墳塚（楊邦尼語），連華文都被當做學校的外語課了，誰還會買中文書看華文書。光顧草根書局的就是一些來自中港臺的移民，到此尋找精神糧食，或者尋找象徵著家音的中文字。

下午三點，人未到齊，我娓娓道來，從一九九三年開始接觸文學，一路講到上大學在深夜抄寫鄭愁予、余光中、敻虹、林泠等臺灣詩人的詩作。大學時期經常去光顧的伊利亞Café，我會在餐巾紙上寫詩，有時則是在圖書館、美術館寫詩、做素描。

二〇〇四年我面對去留的抉擇，放不下臺北的一切卻又非得放下，因為那個地方始終不是屬於我的。於是我寫了〈Goodnight, Taipei〉：

今夜，我跟你睡，臺北
把溼掉的外衣脫下

天亮以後
它自然會乾

我跟你睡，因為
路上行人對我陌生
捕捉不到一張熟悉的臉孔
你說的寂寞，我懂

…… ……

什麼也別說，親愛
在這裡，接吻是最好的告白
吻別後的臺北又將晴朗

這首詩寫於春雨時節，獨自在雪可屋望著窗外雨景出神，而七月在雪可屋與老闆喝酒聊到破曉，醉意未消便告別了興隆路萬盛街的小套房，坐上好友許赫的車，趕搭早上第一班班機離開了臺灣。醒來，映入眼簾的是迷濛的吉隆坡。

十年之間，我仍然遭遇幾次人生難題，不外乎去與留、生與死，不斷在臺馬之間移動，慢慢的有人說那是離散（Diaspora）。而短詩集《候鳥微積分》與散文集《聽寫詩人》所書寫的故事，成了我創作生涯中的離散書寫。

正巧，當天光臨的聽眾有來自馬來西亞、中國、臺灣、香港與新加坡。一名中國人從一九九六年來到新加坡打工，後來開設了自己的公司，賺了錢，終於可以無後顧之憂的繼續他的水墨畫創作。而新加坡作家佟暖卻是去國十數載，二〇一〇年才返回新加坡。他們都感受到離散的陰影，呆在某地已久，儘管返回故里也被同鄉當作外人。我又何嘗不是。

末尾我聊到自己在《東方日報》的專欄《黑色地圖》，強調一個詩人或者知識分子，應該要有批判時局的勇氣，也要有足夠的理性來分辨大是大非。很自然地，我談及了近日沸沸揚揚的臺灣反服貿學運，痛斥媒體唯恐天下不亂，一直在臺灣民主的傷口上撒鹽，那個傷口早在二〇〇〇年因臺灣政黨輪替被撕裂。而一個主權獨立與民主的國家，到底在懼怕什麼？

此刻，中國聽眾回應道臺灣並不民主，臺灣是靠著美國撐腰才能走到今天；他繼而以中國壓倒性的作家數量來質疑海外的中文書寫者與中文閱讀者的虛弱。然而，文學終歸文學，並不以區域或數量來分勝負。創作圈很小，各分東西，派別各異，所以大家更加需要聚一聚，相互取暖，才不會被時代的洪流給沖走。

畢竟，儘管我不在馬來西亞，我還是會書寫對家鄉的懷念以及它的一景一物。我不在馬來西亞，但是我的文字在，所以我在亦我不在。

我是一個On Being（此在），在春暖花開的時節，我微分飛過的雲朵，我積分停歇的草地，我不是一個過客，我是木焱，我是詩人，在這裡，留下腳印。

一滬墜墨周夢蝶

吾夢蝶

夢見周公。在年過的一個寧靜早晨，其時微微見光的屋頂外，已經有鴉聲一二，像是取代雞啼在叫喚人兒。夢到周公夢蝶之前，我是坐在麻將桌的，對座是白髮蒼蒼的外祖父，我連番開槓，槓上槓，牌桌都是四條紅中，正納悶著一副麻將竟有如此多紅中牌，周公突出現在我右手邊，往我杯盤上的糖包打量著說：那些糖你不要的話就給我。

周公喝咖啡愛加糖，幾乎是作家們愛談的小道八卦，周公一杯黑咖啡總要加入五包左右的白糖，令人不可思議。這樣子喝法健康不會出問題嗎（尤其是糖尿病）？

和周公夢蝶相見是二〇〇三年初春之際，幾位朋友聯手合辦的詩歌雜誌想到找周公提字為書刊名。透過詩人顏艾琳牽線，當時幾乎隱居於新店的老詩人破例赴約。那天我提早下班，反正實驗室時常都處於「空轉」狀態，沒有差事幹確感煩悶。午飯過後去唐山書局補買了詩人的傳記《周夢蝶——詩壇苦行僧》，又帶上自家珍藏的《十三朵白菊花》，打算晚飯時給這位景仰已久的長者簽名留念（數年後我不再好此道，覺得要人簽名心理負擔太重）。

我在某醫院的大廳徘徊尋找詩人芳蹤，我認得出詩人，因為他的「模樣」文人皆知——一個尖頂光頭，八字鬚（山羊鬍已長不出了），裹得緊緊的大棉襖長袍，一頂絨線織帽，這便是周——夢——蝶。習慣早到的詩人尚未出現，想是被困在下班的車龍人潮了，我坐在取藥處前的椅子看著生病的人等待號碼領藥，生命匆匆幾載，幾載就靠吃藥度過，偶爾和三五老友相約閒聊，不知是生命即將走向終點帶來的無慾求，還是厭倦了痊癒之後得重新面對生命無情的挑戰而惶惶然赴醫作檢。詩人是否另有解釋？——坐禪修行，看破俗世。翻開詩集內頁，詩人夢蝶引了一句泰戈爾的詩：我的，未完成的過去／使我難於死；／請從那裡釋放我吧！

當我們一行人走向新光三越大樓，在圍起鐵皮的建築工地與人潮摩肩擦肘，走走復停停，那句「釋放我吧」真想從心底喊出來。我們滿裝詩意的腦袋，硬生生被嵌進來眾多的速度之物，沒有感情的風（不該是那神祕的風，而只是空氣的流動）從大廈的間縫吹拂，周公的絨帽戴穩了，可我與艾琳等人緊抓住外套，以免冷空氣入侵，降低了大家的熱情。

蝶笑周公

餐廳是女詩人艾琳選的，在Fnac第九層樓的雲門cafe。餐桌間距恰到好，分成左右二區，右邊為兩人桌，只見幾對學生情侶校服也沒換下，窩在燈光幽深的角落談天。我們揀了左邊長沙發的大桌。踏在架高的木質地板，我特為此約穿戴來的皮鞋卡卡作響，跟著幾位小姐的高跟鞋搶拍，「乒荒馬亂」下大家坐定。不知聽誰說，周公好與年輕女性談天，我們遂派出「女公關」一名，話匣子便從點餐的menu開啟。我們擔心周公吃不慣西餐，尤其是義大利肉醬麵，與他自煮的清湯白水辣椒麵相比，一個極繁（肉醬拌入捲曲麵條的黏稠感）、一個極簡（湯麵同坐一碗，但筷子一夾，麵水分開，不拖不拉）。周公沒有「示弱」，在年輕人面前點了海鮮千層麵，外加一杯咖啡，一片蛋糕，作一套餐。

「女公關」不曉得與詩人聊了哪些話題，只見詩人頻頻歪斜腦袋傾聽，微微笑答。詩人的回答不及我們發問的速度，往往在等待答覆時，我們錯以為他沒聽清又再重複一遍。當詩人扼要回應，我卻聽不清字句因而傻愣在那裡。於是詩人拿出一簿冊，言道是一名香港詩人寄送予他的詩集，然集內詩章頗爛，權充當筆記本使用，在上面將重要的關係詞抄寫出來。例如「裡外」原來是「例外」、

「平奇」是「瓶頸」、「沙禽」是「商禽」。周公的說話聲抵不過咖啡廳內的嘈雜音樂，我們的聽覺則沒有「入定」，自然聽不見「禪音」。

談話越過了「會思考的蘆葦」，麵也吃光啦，服務生送來起士蛋糕和熱咖啡。我喝咖啡不加糖不加奶精，因為這樣才不致破壞咖啡的原味。對座的周公此刻像個生產線上的機器人，乾癟的手從外抓進來一糖包，撕開便往咖啡中倒下，持續撕了五包倒了五包，這才提起茶匙緩緩攪拌。大家無不瞠目結舌，艾琳則笑稱是周公喝咖啡之癖好，還問要不要連她的糖包也拿去加了。

周公復還原為夢

周公夢蝶說：明星咖啡店沒了後，便沒擺書攤。生活拮据，靠政府的津貼過日。房東視他為詩人還曾教過書，免了房租，所以在淡水那裡住過蠻久的。後來還是搬離了。在臺北，這裡住幾年，那裡住幾年，平時看書、買書、靜坐，尤其喜歡讀《中華副刊》。三餐自理，一團麵條，幾根辣椒，也沒調味，熱水一滾，丟進燙熟起鍋即食。

閒聊時我一面在筆記本上作記錄，想在雜誌創刊號的內頁放篇與周公相約的文字，除了感激他為了雜誌，重拾停封了一年的筆硯，將雜誌刊頭的「壹詩歌」三字，練了再練，寫了又寫。同時是欣賞這位耄耋之年的長者毫無隔閡地與晚輩們談笑風生，不吝分享其一生的創作心得，教我們深感啟發。

當我們紛紛拿出預藏的詩集準備遞給周公簽名，卻被他全數收進他的大布袋書包裡。他讓我們寫下住家地址，說等他回家用羊毛筆慢慢地「處理」，然後再郵寄回給大家。我又是一愣，沒想到以為只是用原子筆在書扉要個鬼畫符的簽名，居然帶給周公如此大的工作量。他來時已裝了一個看似沉甸甸的布袋包，現在又加進五本書的重量，以傘作杖，還要馱著大書包行路搭車。我們確實晚輩無知，當下竟也沒人要求把詩集拿回，更沒有主動掏錢付起回寄郵資與信封。

我們頂多請了他老人家一客不起眼的海鮮千層麵套餐，可我們這廂卻要了詩人的瘦金體墨寶、一張詩人瀟灑個照，和每人一本題了詩句的詩集，似是縹緲成佛境的墨字，像是點化著翻書之人，壓鎮著詩集內眾多的純淨靈思。就像周公夢蝶在我的《十三朵白菊花》裡面題的：

石因悲傷而成為玉，玉因
過度悲傷
而仍復還原為石。

木焱一粲　海顧
公元雙千零三年三月

唉，夢醒來時我摸了摸臉頰，已然三年光景的皺紋，和逐漸淡忘的記憶形成強烈對比。當年忘了問周公，一個人的夢可以做多長做得幾分深刻。夢見的東西如果一再重複能否由虛的還原為真？

我笑，這個周公夢可做得挺長，三年後我才回到雲門cafe的場景——那時我獨自走到戶外，一直走向大樓邊緣，看見臺北市在黃澄澄的麥當勞招牌下流動著它的光芒，也沒有風吹，空氣的溫度兀自下降，走回來時朋友為我照了一張相，晃動的身影，落地窗玻璃折射出兩具分身，他們說：這樣，才像嗑了藥的詩人。一漚墜……

下班了，沈大哥——
懷慶旺兄（一九五七—二〇一二）

回憶跟沈大哥的第一次見面，在吉隆坡的月亮樹主題咖啡屋。那晚作家詩人雲集，我從新山乘搭火車風塵僕僕而至，咖啡屋已經站滿賓客。當天，沈大哥一本記錄原住民生活的散文集《蛻變的山林》在咖啡屋舉行新書發表會。一眾東馬作家排開，沈大哥、藍波、田思、石問亭，特地用寶特瓶偷帶來原住民米酒，還準備了幾道家鄉下酒菜。吉隆坡這廂也是浩浩蕩蕩，有傅承得、周金亮、何乃健、陳耀宗、呂育陶、劉藝婉、那天晴。

我們在咖啡屋內吃肉喝酒好不暢快，席間傅老喊我過去跟沈大哥對飲一杯，因為他對我的現代詩作品大加讚賞，而且還「追讀」。我大抵是喝多了，突感一陣輕飄飄，原來沈大哥是我的讀者，心想：以後不可以亂寫，因為有人在看，而且還是個作家。

沈大哥筆名有偶然、風子、句點、cancer、七月、西門、西門亭等。一九五七年生於馬來西亞砂拉越州古晉市。曾參與星座詩社、中華文藝社。八九年開始創作原住民系列作品，出版過詩集《哭鄉的圖騰》。二〇〇一年開始每隔一個月旅居臺北，書寫臺北系列的散文。

不久，我回到臺灣，在臺北縣土城工業區一家製藥廠任職，沈大哥時不時到我的部落格留言。我們偶有聯繫，然後在二〇〇八年的秋夜，我們第二次見面，約在土城住家附近唯一的丹堤咖啡館。

沈大哥談起他在東馬經營的古玩生意，蒐藏許多稀世珍寶，接著拿出給張依萍散文集《哭泣的雨林》繪畫的封面圖——一名半裸的原住民女子，線條分明，色彩強烈。我這才驚覺在面前這位東馬生意人，居然能詩能文能畫。這是我對東馬文學圈不熟悉而造成的偏見，還以為做生意的人滿嘴皆是銅臭味，怎麼眼前的沈大哥完全不同。

他拿出筆電，指著桌面的一個icon說，我初讀你的小說〈芳心蕩呀蕩〉覺得很有趣，所以copy下來慢慢讀。我們還聊到一些馬華作家的怪脾性，公子哥兒詩人一定得住四星級以上的酒店，行程要安排得妥妥當當，彷彿接待文學明星，畢竟人家有外國的月亮比較圓的心理。

土城見面後沒隔多久，大將出版了沈大哥的臺北系列散文《臺北的雨・古晉的蟻》。隔年春，他寄來這本書，本想點評，卻因其他事情而耽擱。回憶起那一夜，我是戰戰兢兢的赴會，沈大哥侃侃而談，分享創作經驗。本以為未來還有見面的機會，不論在臺北、土城、新山或者古晉，怎知道在未來的某一天，當我累得全身癱軟在車座上，打開手機在臉書上滑動，驚見藍波發布的一則訊息：東馬作家沈慶旺今早過世！

沈大哥，提前下班了。一路走好。

生命有時盡

二〇〇七年五月父親被診斷出羅患攝護腺癌第三期，除了動手術切除癌細胞，還必須進行四十次的3D定位電療。十一月，我辭掉臺北工作返馬月餘，當時的心情奇差，在醫院對父親咆哮，叫他不要為了省錢而不即刻在私人醫院進行治療（那時政府醫院的電療儀器全數壞掉）。直到現在才體會到父親是為了把錢留給我們才在那裡舉棋不定，誰會拿自己的生命開玩笑，如果放棄治療，一定還有比自己性命更重要的東西讓他牽掛。

我自己也是問題重重的，在馬時想念著臺北生活，到了臺北卻想念家中溫暖，剪不斷理還亂的就是鄉愁。鄉愁對我來說是揮之不去的無形傷痛，每每在臺北街頭走著，或在咖啡館裡喝咖啡閱讀時，來自家鄉麗都海邊的風總會撩起愁緒。多愁易感，不是我想要的，寫詩，更不是我的初衷。我要的是一個完美的人生。

而吾友許裕全在同年跟我有同樣遭遇，老天爺送給了他一份特別的禮物——一個生病的父親。他從新山趕到實兆遠醫院，面對生命垂危的父親束手無策，醫生的檢查報告聽在他耳裡像是責備他這個不孝子，任父親自生自滅成這副田地——在手術臺上決定一隻腳的去留，以挽救將近全毀的身軀。裕全承受的壓力與悲痛比我更上百倍，才短短數日，從新山趕到八百公里遠的老家，處理父親的進出院手術，然後再返回新山處理工作和安排接應父親南下後的輪椅與調整臥床，最後毅然決然把老父老母接下新山共同生活，與病魔纏鬥四年。這需要肩膀夠硬的人才能不畏懼、不躊躇，去撐起這突如其來的生活重擔。

父親開始接受電療後，我返回臺灣另謀高就，起伏不定換過好幾份工作，待業家中時把握時間寫詩與散文，也自印了一本詩集《臺北》。裕全則回到工作崗位，照料兩老洗腎截肢清洗傷口，在醫院住家工廠奔波之間擠出時間，將他們仨一起生活的過程付諸文字，為的不是稿費或文學獎榮譽，而是他需要一個發洩情緒的出口，一個可以聆聽他苦衷的對象——不知名的讀者。

沒有孝感動天這回事，但是裕全的堅強，與鼓勵雙親活下去的拼勁，終於為他贏來了讀者的掌聲與文學獎殊榮。

四年後，裕全的父母相繼離世，我的父親也在新一波的大腸癌之中撒手人寰，新山中央醫院成了我和裕全永不能磨滅的傷心地。馬來西亞的公立醫院不可靠，但除了將至親至愛送往那裡治療，我們哪有幾個幾千幾萬去私人醫院給那些豺狼醫生搜刮。

裕全傳來簡訊：「生命有時盡，文字生其心。」是的，我們目送至親離去，但卻用文字留住了他們，文學路上我們成了一對好兄弟，彼此比拼，相互調侃，都是過來人了。

榴槤呱呱墮地

躺著是標題，內容無聲無息
湊不成一首詩讓你拄著好走

我想要告訴你，父親，如何躺成標題，而我湊不成一首詩讓他拄著站起來。

發現父親腸胃有問題已是去年十月的事，母親偷偷打了越洋電話給我，投訴父親便祕好幾個月也不去看醫生。他給自己開了處方，到超級市場去買椰子，回家剁開喝新鮮椰奶，以為可以清熱解毒治便秘。這樣持續了幾個月，最後，終於在他前往泌尿科複診時，詢問主治醫生，便馬上給他掛了腸胃科，照大腸鏡。我不放心，便請假飛回國。

他到中央醫院照大腸鏡的前一天，在家裡喝了瀉藥，不知是藥效不夠，水喝不夠多，還是腸道已經阻塞得厲害，穢物未完全清除。照大腸鏡當天，我和他經歷漫長等待，過了中午才被護士領進檢查室，卻不過十分鐘便出來。他以一種羞愧和好笑的語氣對我說：「腸道沒通乾淨，看不清楚腸壁組織，拉出儀器時，半截大便射了出來，飛得老遠，護士們忍住笑，我連連說Sorry。」醫生叫我們先回，換了另一種強力瀉藥，下次再來。

下次檢查的結果，確定了腫瘤的位置與大小，我的腦海再一次被疾病所侵占。這次是直腸癌，腫瘤長度足足有七公分。照片看起來就像一團爛軟的叉燒，分布在腸道的三面，幾乎堵塞了糞便的出口。難怪父親抱怨說，拉出來的屎變得很細，而且很臭，你母親不斷地唸叨，說臭死了、臭死了。問我，怎麼會這樣？

三年前，也就是外婆過世那年五月，父親因為尿道出血入院，本來以為是尿道感染，服幾個星期抗生素就沒事。醫生為求慎重，將前列腺組織切片送去新加坡化驗，結果是惡性腫瘤，屬Gleason 7級。天下大亂，家裡突然烏雲籠罩，母親哭了又哭，才剛失去生母，又得面對老伴的絕症。

父親接受一連串檢查，MRI、CT Scan、X光，依序照了骨盆、胸腔、腹部、全身骨骼。幸好沒有擴散至其他部位，做了四十次的定位電療後，他活得像隻老虎，肉照吃。可是這次，老虎真的老了。他圍著沙龍在放射部等候號碼，喝下去的顯影劑必須憋著，可那控尿的前列腺已經半廢，來不及趕去廁所，已經尿到了地面。

這次我全程陪同，又是一連串檢查，父親很配合，但在等待中明顯沉默，眉頭深鎖，連報紙也不看。報告結果是，直腸癌末期，擴散至肺部和肝臟。唯一治療方式就是化療，馬上浮現出病患哀戚叫苦掉頭髮的畫面。這回，老虎終於栽在長期吃肉不吃菜的不正常飲食習慣上。他有辦法靠一袋又一袋的化學藥劑重振雄風嗎？

最想要告別的是想法

父親答應接受化療後，我才放心返回臺灣。第二天馬上到醫院做腸鏡檢查，並以父親情況徵詢專科醫生意見，同時致電臺灣癌症基金會，有關治療的種類，預後的調養，飲食的攝取。我買了許多抗癌食譜，上網查詢各種化療用藥的作用、副作用與臨床結果。我不是專家，更非醫生，我以一個唸理科的頭腦收集資料，篩選和分析。唯一希望，父親還有救。

父親萬萬沒想到，起先的便秘，後來的肚瀉，是腸癌的最後警告。而這次，他不再樂觀，連續作了六次化療，抵抗力驟減，胃口變差，身體自然瘦了。前幾次，他還可以向家人談笑說床位面海多悠哉，還認識幾個一樣來做化療的朋友，早晨到病房樓下買報，吃椰漿飯。我們看他簡直是在度假，沒有把治療放在眼裡。

然而，連續輸注的Folfori 4化療藥，開始了它的毒性，將好壞細胞趕盡殺絕，紅血球和白血球數下降，父親臉色蒼白，無力走動，導致兩次不能如期治療。更糟的是，每次結束療程，直腸癌ＣＥＡ指數沒有下降反而升高，副作用也逐漸顯著，口腔潰爛，疲倦，發燒，咳嗽，嘔吐，痾血。他躺到床上，因為腸胃不舒服，翻身抱起枕頭。父親的背影，突然攏起山嶺，咳一聲，抖落多少嘆息。不想看到這樣的背影，卻不得不靠近，告訴他：還有希望。

一家人似乎有著默契，沒有人在他面前掉淚，我們開心地準備早點、養生餐、有機蔬果汁。我還整理了一張飲食時刻表，幾點喝牛奶，幾點吃藥，幾點做早操，幾點讀報，幾點休息睡覺。叫他什麼都不要去想，安心靜養，他一定也聽得厭煩。如果想法能治癒一個人，讓心理影響生理，我會寫無數歌頌生命的詩唸給他聽。

父親一直擔心母親，對她懷有愧疚，說母親小學畢業後工作了半輩子，還沒來得及享福，又要照顧他這個病人。母親原本還想將自己的退休金提領出來給父親治病，但被父親拒絕了。我們自當負起這個責任，現在輪到我們來照顧雙親，接手這個一家之主。

對愛
靜到突然擁有一切喧囂

跟父親一同躺在床上，聽他談起自己的父親，我的祖父。說他是一個狂人，下雨天時會衝到馬路上奔走，怎麼都勸不回。祖父其實是個聰明人，而且俊俏，可惜得了怪病，治不好。這個祕密父親沒對別人說過，包括母親，可是他卻告訴了我。我沒見過祖父，不曉得祖父患上精神病的這件事，為什麼會成為父親心中的祕密，抑或傷痕。而他選擇告訴我，在他生命與意志正脆弱的時候，他把鮮少透露的老家的往事一一述說。他為什麼不回憶一些快樂美好的日子呢？

小時候，我跟著他搭巴士返回兩百公里遠的老家，晚上會邀約堂哥們到市區逛百貨公司，吃沙嗲。隔天，父親帶我進入油棕園和榴槤園，看看今年的果實長得怎樣，樹身是否健康，什麼時候得施肥，什麼時候栽種新苗。他教我認識果樹，這是山竹、紅毛丹、可可樹、咖啡樹、Buah Luku，然後檢視每一棵榴槤樹有沒有生病，還有想法子對付偷吃果的野猴。園內蚊蟲多，父親折斷可可樹的枝葉遞給我，叫我拿來趕蚊子，確實管用。有一次我們在榴槤園過夜，只一盞煤油燈和一張蚊帳，四處無人，蟲鳥猴聲此起彼落，還有榴槤熟透掉到地上的墮墮聲。我和父親記住了聲音的方向，等天一亮就開始出去撿榴槤，比賽看誰撿得最多。

父親放不下心的，就剩下這片油棕園和榴槤園了。這是祖父留給他的，未來要留給我和大哥。父親希望自己還在，主持這場公平的分配，不想讓任何一方說偏心。他還放不下父親這個角色，我得勸他，我得告訴他，養病重要，現在就讓我做你的父親，你當我的兒子。讓我消弭你眼前的苦痛，照料返回人子的你，不必等到來世，現在，讓我背你餵你愛你疼你。

風扇轉著，外頭開始下起雨，父親的聲音變小了，也許他累了，也許他不想再回憶下去，更多的回憶喚醒的只是眼淚。那些往事總是撩撥心弦，愈是回憶，愈覺得過去的熱鬧滾滾重現在眼前，大家掛著笑臉都到齊了，唯獨他躺著，無力參與。父親躺成標題，內容無聲無息，但給我們的愛，足以讓我繼續未完成的故事。這個故事是要傳給我的孩子，讓他去接續未來的結尾——我們祖孫三人同在榴槤園，守夜，聽著榴槤呱呱墮地。

*註：以上詩句引自詩人李進文長詩〈靜到突然——給父親〉。

CHAPTER 4

我們皆是塵埃

告別原鄉父

邦尼：

我已經在飛往臺北的班機上了。這裡現在應該在一萬呎高空，外面空氣稀薄，但是雲層厚重，一叢叢的，真像每天早晨擠在腮幫子的刮鬍泡沫。

起飛的那一瞬間，我想著我的父親，雖然飛機正一點一點地爬升，離開孕育我的母土，在那瞬間我真切地向父親道別了。回憶兩年前，我回到士古來奔喪，午夜方抵家門，大門敞開，迎接我的卻是布置得白素的靈堂。須臾間我跌跪在地，心中默念：爸，我回來了。爸，我回來了。那哀傷直到現在給你寫這封信，還牢牢泅在我眼眶裡，欲墜不墜的哀傷。

對於親人的逝去，我們還要說什麼，做什麼。或者什麼樣的解釋會讓我們好過些，但那都不重要了。

*****

飛機飛過邊佳蘭，光禿禿的地面，硬生生映入我腦海。地上的人們長期抗爭的，對他們而言非比重要的祖墳，就在最近陸續被建商開挖、遷移。邊佳蘭幾代人都居住在那裡，以捕魚為生，輔以旅遊與餐飲業。然而，一個開發投資的詛咒，沿著海岸線不停地擴張，我們作為人類，到底是貪得無厭，不懂得適可而止。

一定要靠財富來堆疊幸福與快樂的象牙塔嗎？

*****

已經過了兩個小時，邦尼，雖然昨夜輾轉難眠，現在卻一點也不想睡。我想給你寫這封魍魎書，在高空或在離你萬里的福爾摩沙，慢慢告訴你這兩年來的心情。

我讀了木心，不疾不徐，幾乎是每週六才讀個一兩首，在常去的咖啡館，佐著咖啡香與音樂，細咬慢嚼他的文字。

生活！他讓我感受到生活，是緩慢且必要的，是不可承受之輕的。木心坦然與淡然以對，在書寫中抵達了他的目的地。所謂心事、煩憂、雜務，不過幻化成幾行詞句、句讀。

我讀木心，有一個好處，因為讀得慢，感受持續醞釀，幾個字就脫筆而出，在木心詩集上行走，走出一條蜿蜒小徑，到了溪邊，又跟隨流水，去往大海。

是的，他在《偽所羅門書》裡寫最多的便是海，而我，也是喜歡海的。

若想見我或木心，就去海邊，看海！

二〇一四年五月五日於虎航飛機

生活與文學

邦尼：

魍魎之書停歇了好一段時日，已經不記得在怎樣的境況下，開始彼此的書信往返。大抵是某一段困頓的時間，為了生活而工作，為了家人而聚散；沒有結果的付出，等於瞎忙一場。

談文學，容易，至少我擅長。安排生活，難咯，我定會在關鍵時刻做錯決定，或者什麼都不做，讓時間帶動世界輪轉。這是哪門子的解決方法，文學作品可以留白，讓讀者詮釋。然而生活不行啊，生活是自己的，留白就糟了，事情搞砸，可沒人會同情你。

你說說看，人到中年，要規劃怎樣的未來，如果上帝還留一丁點時間給我們。繳貸款的房子有了，二手車有了，足夠幾個月的伙食費有了，保險買了，陪伴家人的時間留下了。剩餘多少留給自己，關起門來，不聽不說不看世俗凡事，進行心靈的對話。

繆斯來敲門，請進，我準備好紙筆在等妳。繆斯輕輕撫觸我的髮梢，說怎麼流了一身汗，夏日尤其煎熬，思緒澎湃，卻一句詩也寫不出來。我已經很久沒寫詩了，甚至抓不到詩的尾巴，感受不到美。我的感覺器官，對，我與繆斯對話的那扇窗關上了，我沒有鑰匙，我總不能用肉身去衝撞，撞到頭破血流，只為見我那詩神一眼。

不寫詩但是能活，像那些站在路邊抽煙的阿伯，像那些揮汗灌漿的工人，像那些為假人換上新裝的門市小姐，像忙碌的小學生。我們註定在很年幼的時候，就開始學習過成人的生活，把一天的時間安排得滿滿滿，非常充實。要是有哪一個不是這樣子的，他的未來就糟了，他得從小就下功夫才會有快樂的日子。

千萬不要像他的爸爸，醉生夢死，活在烏托邦的國度。

一首詩記錄一段荒唐的歲月與狂放的思想，歲月與思想是好的，但是荒唐與狂放是會壞事的，會把生活搞砸。不寫還好，一直那樣寫就得一直收拾善後，荒唐到極限就不認六親，狂放到最終可能就海底撈月去見詩仙了。

詩人到底是哪條神經錯亂，把人看做魍魎，把忠言聽成嘮叨，視一切為無物，他們靠什麼而活，陽光、空氣與水。

木焱

二〇一五年六月二十四日

相遇，在記憶裡的時間長河

邦尼：

今天我對「時間」有了強烈的感觸，它發生得很突然，換一個角度來說，也許那可能是註定的必然，只是發生在另一個時間橫軸上遙遠的一點。所以，我也不致過於驚訝於這個發現。

我相信你也經常走在「從前」的巷道、商店街、住宅區，任何你我年輕時經過的人、事、物、地。或許某些東西仍存在於我們目前的生活周遭，但更多的已經被我們所忘卻，好一點的話還留有一絲印象。

那天我臨時起意，趁下午五點下班時刻走進臺大校園，從教室裡蜂擁而出的大學生將我擠到了路肩。我必須很仔細地觀察他們的動線，才不會被他們及他們的單車撞到。那時刻，我注意到對向有一個男士，左手臂背了個大袋子，右手牽著一個兩歲不到的小孩，咿咿呀呀地還在學語階段。在男士跟前還有一對小姐弟，背著書包，看上去不過三至四歲。那男士走了幾步，停下然後抱起嚎啕大哭的兩歲孩，讓我有機會注視他的臉龐。我輕聲喚他名字，因為不能確定是我所認識的那個人，但從體型與髮型來判斷，肯定是他了。

而在這種很突發的境況下，我還是遲疑了，怔忪並且開始懷疑自己的眼睛，眼前的景象。不，那絕不會是我認識的一個朋友，更確切地說，一個大學時代同宿舍同樓層的土木系學弟。

於是，我靜靜的讓他和孩子們從我的視線內離開——時間，狠狠地呼了我一巴掌。

時間，原來是有距離的，這個距離讓我有所感。赫拉克利特（Ἡράκλειτος）曾說：人不能兩次踏進同一條河流。我站在茫茫人海的校園路，看到的每一個人都不是上一秒我所知道以及認識的那一個。

時間是不是也在我身上留下相對的刻痕，讓對方裝作沒聽到我的呼喚，而終究沒能相認，甚至直到不在世上的那個時候，我會因此遺憾終生？我會遺憾自己再怎麼會寫詩，與人爭辯，把事情做得再完美，也無法逃避時間的捉弄（是命運的玩弄嗎?!）。

幾乎十五年了，這五千多個晝夜，我和他以及所有曾經在一起生活過相識過的人兒，他們怎樣地生活。經過這幾千個晝夜的變化與不變化，我和他們還抱有以前的理想與夢想嗎？我們還有共通的語言與話題嗎？邦尼，時間並不因為我的發現而停止前進。正當我走進許多年前上班的研究所行政大樓，想要找尋的同事皆已離職好幾年。而那一刻，站在臺北天空下的我，還一度以為自己是名臺大學生，跟著同學們騎單車經舟山路回臺大男七宿舍，或到小小福利社吃姐妹花香雞排。

時間一直不停地走，我的步伐也從來沒有停下來。只是我把那個寫詩的男人，藏到二十五歲的膠囊中，吞下肚，在胃酸的作用下，緩緩釋放一點點的詩意。那便是我抵抗「時間」的方式。

我是見證「時間」的證人，無法欺騙自己的詩人。

木焱

二〇一五年十月一日

兒子說，父親話

邦尼：

原本答允二月給你寫信，怎麼一晃就到了清明時節。這裡沒有雨紛紛，路上也沒人欲斷魂，反倒是連續假日裡車子塞爆高速公路與人滿為患的購物廣場與遊樂園區。

問我現在在做什麼，除了上班占據半日的光陰，就是照顧家中那兩把小小火，他們已經「長大」到可以跟我辯論，同時把我問倒。原來甜蜜的負荷不只是在外打拚扶養他們長大，還要不斷接受新生命的挑戰，跟著他們的小腦袋「與時俱進」。有時候，我們會進行一場無聊的對話，我認為多少可以促進父子關係，但內容往往令人噴飯。例如有一天下班回家，很難得看見他們乖乖坐在地上玩積木，就問道：

我：今天有沒有看電視啊？

兒A：沒有！

我：真的？（完全不相信純真的心靈）

兒B：有看機器人和巧虎。（這才是純真吧。）

兒A：我看電腦沒有看電視……

我：……（先是噴飯，然後陷入思考）

同一個問題，兩個小孩不同的理解，然後給出不同的答案。大人們潛意識認為小孩看電視就是看卡通了，所以才問有沒有看電視。兒B知道拔拔的意思，所以回答令我滿意。可是，兒A也沒有答錯，而是糾正了我的問題，正確的問法應該是「今天有沒有看卡通片」。人與人的對話常因為彼此認知的差異而產生誤解，這點我在與孩子的簡短對話中得到了印證。

帶小孩很不簡單，除了要照顧他們的起居飲食，陪他們玩，寓教於樂，更要時時觀察他們的龍體有沒有微恙，以便及早就醫。不過偶爾也會遇到空包彈，就要按照以下的模式來測試真偽。

兒子：拔拔，我肚子痛。

我：嗯……

兒子：我肚子痛痛痛～

我：嗯。

兒子滾來滾去。

我：等下我去買麵包，你肚子痛不能吃喔……

兒子：拔拔，我不痛了。

我：聽不到！

兒子：我～不～痛～了（這下子診間所有人都聽到了）

該說他們天真「有邪」，還是童言無忌呢。生病看醫生理所當然，如果沒生病卻去看病亂吃藥，可就不得了。而且我到現在還很懷疑孩子們對「痛」的定義與感覺，就像他們還分不清楚今天昨天明天以及很久很久以前，以致去年去過兒童遊樂園，會被他們說成

「昨天阿公帶我們去遊樂園」。而「很久很久以前」的童話故事，大概也是昨天才發生的吧。

清明節連續假日即將結束，我與孩子們的玩樂也將終了，真是令人高興，我積欠了幾天的「私事」（課業，工作，演講內容，稿件）終於可以趁上班午休的時間處理，還有你的信也是在清晨的通勤時刻，用公事包墊著紙張寫下。

時間快速的流失，孩子不停的長大，在他們的童真還沒被這現實生活馴化之前，我很欣慰地聽見孩子們天真爛漫的話語，在我下班回到家門的那一刻。

「拔拔，我聽見你肚子咚咚咚咚地叫，好像老鼠在敲打鑼鼓。」

二〇一六年四月清明

中年男絮語

邦尼：

人到中年的你我對人生的意義有著怎樣的定義？

我們從二十歲那年離開家鄉馬來西亞到臺灣求學，三十歲成家，四十歲立業；然後問題來了，四十歲以後我們的生活是充滿著工作、家庭和親人陸續病逝以及朋友離別。更遑論愛情，早就被生活的細瑣給埋葬，還對愛情有所憧憬嗎？

如果人均壽命是七十歲，算一算，我們只剩下不到三十年的時光，如果扣掉這中間為了繳房貸、保險費、生活開銷而去上班賺錢的八小時或更多，其實我們擁有的時間就更少了，創作的時間更是錙銖必較。

我並不是要求花掉的時間給我百分百的回報，有些時候沒做什麼一天就過去了。但我不要過著那種今天忘記昨天的渾噩生活，沒有目標的瞎忙，沒有理想的前進，只是浪費生命。

在我死後，會留下什麼？我在整理草根書局的演講題目〈向大師致敬〉，從幾位我尊敬的詩人的生平看到了他們留下來給我的珍貴精神糧食。例如荷爾德林（Johann Christian Friedrich Hölderlin），德國古典浪漫派詩歌的先驅，一八〇七年起精神完全錯亂，生活不能自理。此後在圖賓根（他青年求學的地方）內卡河畔的一座樓上靜靜度過了三十六年餘生，繼而留給後世三十五首塔樓之詩。

恰巧的是，另一位我很喜歡的德語詩人保羅・策蘭（Paul Celan）在他離奇墜入塞納河的那天，留在他書桌上的是一本打開的荷爾德林的傳記。他在其中一段畫線：「有時這天才走向黑暗，沉入他的心的苦井中，」而這一句餘下的部分並未畫線：「但最主要的是，他的啟示之星奇異地閃光。」

當我在臺北一家咖啡館讀到策蘭的這段記錄，心中莫名地激動起來，遂而寫下了〈我們，聽死亡賦格〉。

被咖啡黑攪動，在命運中加入牛奶攪動
有時候加糖，有時候不加
貫穿食道的寂寥，酸腐的胃囊
身體內冷冰的遺跡

繼續哀悼紅花，更多哭瘦的黃葉
風吹動沙塵旋繞在
這個荒廢的噴水池
中央的雕像斷了手臂

與遠去的藍天相映，陰雲緊盯逐放的水湄
一顆擲向不安的石子

定定地墜向苦難的深部
追隨死神歡笑的聲音

兩位詩人中，一個精神分裂，一個投河自殺，不論外人怎麼看待，詩人們展現在我面前的是牽動那個他們所活著的時代之能量，並且透過文字，透過不同的譯筆和抄錄，最終我能在一首首詩作中再生了詩人的靈魂。更確切地說我看到了他們，儘管我們不在同一個時空背景。

四十歲以後，詩人能留下些什麼。我想這個問題應該修改為，詩人還能挖掘什麼？我們在索然無味的尋常生活節奏裡，繼續挖掘更深層的意義，一面看著外太空計畫如火如荼地進行，一面探索自己靈魂與肉體。

我很喜歡的一部電影《Interstellar》（臺譯：《星際效應》），最後太空人Cooper居然掉進了一個可以接觸地球的五維空間，這才發現是自己留下的線索，讓過去的他展開一趟尋找之旅。由內而外或者由外而內，人生的意義，不假外求，就在我們身邊，在身體裡。

只是，我們需要運用比別人更強大的耐心和毅力，不停挖掘。就像電影中老教授口中唸唸有詞的：

Do not go gentle into that good night,
Old age should burn and rave at close of day;
Rage, rage against the dying of the light.

原來這首詩也是我喜愛的詩人Dylan Thomas（狄蘭・湯瑪斯）寫的。

歷史留下這些詩人與作品，時間把這些帶到我跟前，我們相識相知，我繼續完成詩人未竟的任務，人生的意義莫過如此。

木焱

二〇一六年六月二十五日星期六

詩人之死

Dear 邦尼：

你在上一封信裡提到「我從來不像你以詩人身分自稱，像你寫的〈請不要誕生一位詩人〉，說的是自己。」是的，一直以來我以詩人自居，在創作的國度裡揮灑詩筆，但最近這種狀態有了些微變化，我感覺那個詩人木焱已經和現實中的身分融合為一體。

我分析這樣的質變，大抵是從孩子出生以後，我對自己追求的東西產生不同的體會（或說比較），那個不可企及的美仍然在遠方閃耀光芒，用各種型態吸引我的目光和靈魂。但我不再只用詩歌來讚頌她找尋她，更多時候我停駐下來，靜謐地去感受她閃射到現實物件上面的各種餘光與氣味，比如說孩子們的嬉笑，午間大雷雨，捷運車廂內的搭客與他們的穿著和言談，百貨商場的店員臉孔，診間的病患與護士，一朵枯朽的荷，髒汙的池水與悠遊的鯉魚……從這些動態或靜態的畫面，我看到了美，以另一種姿態展現，似強調她的堅韌與耐久，不老不衰，甚至以「醜陋」的一面示人。我享受著這一切。

這就是詩人一直找尋的東西，原來不只是人生意義，也並不在詩句裡才有的，她早就在生活中存在，每天與我擦肩而過，在我身邊吐氣言語嘻笑怒罵。這，生活上的美，一直就在你我身邊，我還需要用詩當作媒介去探觸她嗎。誠如你所言，詩是和鬼神溝通的，幽冥界，那是另外一種追尋，屬靈的。

我寫詩的初衷便是尋找美，而美就在人間，赤裸裸，躺在你我曾經躺過的地方，經過我們曾經愛戀的所在。就像你提到的海子，臥軌自殺，讓血肉在一瞬間爆出美的圖案，永恆的剎那，詩歌戛然而止，但美卻留下來了，留給後世的春暖花開。你還提及顧城，我最早接觸和喜愛的詩人之一，他說：「黑夜給了我黑色的眼睛／我卻用它尋找光明」，只可惜這個光明最後卻通往死亡。死亡是耽美的反面，然而顧城為我們「示範」了死亡是一種謎樣的追隨與逝去，他在紐西蘭激流島（Waiheke）殺死妻子謝燁，隨後上吊自殺，得年三十七歲。

美雖然是不可企及之想念，但詩人的形象是可以無限去構築和發展的，就如同被我奉為精神導師的德語詩人里爾克，傳說他是在花園踱步賞花時被玫瑰針刺感染導致白血病而死。所以在他的墓誌銘中這麼寫著：

Rose, oh reiner Widerspruch, Lust,
Niemandes Schlaf zu sein unter soviel
Lidern.

（玫瑰，噢純粹的矛盾，欲願，
是這許多眼瞼下無人有過的

睡眠。）

這樣的死法著實叫人迷醉，也是一種殉美吧！里爾克沒有殺人，他把靈魂和美奉獻給了一朵玫瑰。一朵玫瑰象徵了什麼？時間的枯萎，美麗的邂逅，永恆的代價？我想，詩人已經留給後世無限的想像。

木焱

二〇一六年七月二十一日

記得風鈴花阿勃勒開花的時節

邦尼：

上次才說要在夏天寫一封有關熱情、友情和愛情的信件給你，沒想到時間匆忙的將我推向初秋，現在的臺北已經感覺得到涼意，出門要披上一件風衣外套，過不了多久便是冬季，一年即將終了。

大學時期，日子渾噩地過著，沒課的時候我都會在醉月湖畔或在椰林大道兩側的人行步道，翻閱一本詩集，構思一組意象，觀察過往人潮。抬起頭，看到鳥啊鴨啊烏龜啊棲息在石頭上揚柳樹上榕樹上，而我的思緒則乘坐在一波波的漣漪，跟著微風由遠而近，吹向湖畔。更多時候是專注於手上的哲學書籍，直到夕陽染黃了書扉，才發覺自己「不經意下」翹了最後一堂微積分課。

某年盛夏，我因為兩門科目被當，記得是分析化學和普通物理，需要暑修，下課後便到圖書館K書，當時的臺大圖書館還是舊館，一棟日治時期的二層紅磚樓，書庫就像一個地窖，把知識都關在裡頭，我三不五時就在裡邊「蠶食」詩學和美學的東西。

當時閱覽室還沒有安裝冷氣，白天裡我都是淌著汗水，在蟬鳴聲中做功課，更多時間其實是在發呆和寫詩。有次，一個女生坐下，就在我坐的長桌另一端，我便開始構思和她的羅曼蒂克故事，甚至，哈哈，我還趁人家離開座位時，寫了一首短情詩放在她的課本上面，然後若無其事的繼續翻書。那是一種純愛，Puppy Love，夏天的傻勁。

而在臺大正門對面的誠品書店也是我經常去發呆幻想的地方。我在B1的現代詩區讀詩集，抄詩集，還暗戀了當時一個店員姊姊，她很有成熟美，像一朵永不凋零的玫瑰，在櫃臺前站著，整理書籍。我不記得有沒有寫情詩送她，但她一直是我的情感泉源，那年夏天是充滿著愛的味道的。多少個夜晚，在那一個區域裡就只有我們兩人，一名讀者和一名店員。當然，這樣的暗戀沒有結果，結果是她後來離開了書店，但是對她的那份情感一直揣在我的心頭。

一九九九年七月四日，我在書店門外辦了一個行動裝置藝術活動，是我第一次發表長詩〈0〉，並以跨界的形式呈現，邀請路人把詩體中的詩塊從箱子內拿出，拼湊出他們對臺北的觀想。在這些參與者中，我認識了許多朋友，其中一位女生剛從澳洲藝術科系畢業歸臺，後來成了創作和生活上的朋友。

這裡的夏天雖然悶熱，但伴隨著溫度高昇的是不期然的熱情、友情和愛情。這或許就是柏拉圖所說的精神性的愛戀，是在肉體以外的親密接觸，可以恆久，可以不滅，直到現在。

木焱

二〇一六年九月十八日

魍魎之中，有了我們倆的氣味

Dear Benny

你捎來你欲將出版的短詩集，《在我手中微軟勃起》，是你的第一本詩集，直接，赤裸，刪情（因為過於煽情所以你將詩集一刪再刪）。

是的，你把對J的思情／私情刪除了那些你不想讓他人知曉的部分，留下來的是可以曝光、見光不死的片段嗎？還是刪除那些找不到J的苦悶發呆擔心的日子，只想留下美好共處的時光？

我認識你在J之後，那時你還在中學母校執教，我從臺灣歸來，那是二〇〇四年的事了。我那時年輕啊，輕狂，喜歡四處結交朋友，高談闊論我的文學夢，你不知道從哪邊知曉我回來了，於是乎邀請我去給社團學生演講。當時的演講內容已不復記憶，可是很神奇的，我卻記得活動結束後和你在大食堂喝涼水聊天的畫面。

你坐我面前，好像大病初癒，脖子上還留有紅點瘡斑，我們聊到了那首長詩〈2〉，很難講很難解釋的。我以為那便是我和你人生中唯一一次的碰面，萍水相逢，各自回到自己的生活圈。誰又料想得到我們後來居然成了同事？而又化成你書寫文本中的三把火、臺灣火、盜火的詩人？

我在二年後再次離開家鄉，我們開始通信，記錄臺灣與馬來西亞兩地的心情與事物，你將這書信往返稱做「魍魎之書」。有些情感、情誼、關係就像魍魎，看似有看似無，就算有了又怎樣，我們能確保它不變不壞不消失？我喜歡魍魎，那是跟你與J有所別的另一種感覺。

而我，也曾有一段私情，沒有人知道，所以現在我要寫出來，讓你知道讓大家都知道，其實就是一種感覺，很特別的感覺。

在我稚嫩的年歲，有一個人毫無預警的出現在我跟前，高瘦，黑，微笑時露出小虎牙，他讓我怦然心動。在宿舍的長廊，沒有其他人，時間是白天，就因為是白天，他彷彿從光芒的那一頭慢慢向我走來，穿過中間的黑暗，他面對我，與我擦身而過。我感覺時間凝止了，長廊卻越伸越長，我站在原地不動，腦海裡只有他向我走來的模樣。

這個畫面就這樣占據了我腦海中的一塊記憶，已經二十年了。我從沒有和人談過這件事，說與不說我是可以選擇的，說了有時是為了要忘掉或放下，不說其實是想一直珍藏著，他與我，我與他，那個短暫的凝止的長廊。

你和J，是否曾經凝止在某時某地某一個氛圍裡，那是完完全全屬於你倆的世界，沒有人知道，也沒有人可以指指點點，那樣多美好。這樣，就足夠了。

人與人之間的愛、情夾雜太多的因素，形而下的，形而上的，可言說，不可言說的。縱使是柏拉圖式的，我們仍會相互依偎、取暖、分享、擁抱，因為人啊，永遠害怕孤單、寂寞。

於是，魍魎之中，有了我們倆的氣味。

木焱

二〇一六年十月三十一日

二〇一六年終大事

Dear Benny

最近發生的大事太多，多到我們來不及參與和瞭解，事情塵埃落定，結果如何，萬夫所指沒奈何，時間的輪軸不會因此而停下。

十一月美國總統大選，開票結果舉世震驚，美國地產大亨川普（Donald Trump）當選！接著，許多打著正義、和平、性別平等旗幟的民眾、時事評論員、明星紛紛出來臭罵川普，在競選過程中顯現的性別與種族歧視等等。川普或許只是把這次總統競選當作一個秀在操作，畢竟他曾經主持過〈誰是接班人〉逾十年，我猜想他萬萬沒料到自己口無遮攔的演說居然讓他當上美國正牌總統吧。這是一場鬧劇，不管美國人愛不愛，都得繼續收看四年。

十一月還有臺灣反同志婚姻示威活動。約兩萬人集結在立法院四周圍，甚至衝撞立院大門，就是要擋下立法院審查「婚姻平權法案」。他們強調婚姻應由一男一女組成，不認同同性婚姻。臺灣的社會雖然看似民主，政黨也輪替兩次了，但在一些「民生」議題上還是非常的不民主。如果孫中山先生感知「同志」之艱難奮鬥，當初在《三民主義》就該加註「民享」為人民同時享有同性婚姻的權力。

我身邊的同志朋友和我都很納悶，反對同性婚姻的人，他們自己的家庭生活美滿嗎？如果美滿，為什麼要反對同性婚姻，難道同志們搶了他們的男朋友女朋友了？這也是一場鬧劇，不管臺灣人愛不愛，都得繼續吵下去。

回頭看馬來西亞的華社和人民，我們一直以來都習慣當個旁觀者，我們渴望有個政治明星讓我們去追循。然而卡巴星已逝，林吉祥垂垂老矣，安華則一直被莫須有的罪名入獄。十一月

（Bersih 5.0社會運動）後又開始上演救人放人戲碼，「壞人」從不示弱，「好人」堅守自己的角色，劇情一度因為卡帶而一直播放同樣的片段。然後我們也過了建國五十年，邁向我小學就琅琅上口的Wawasan 2020。這是我看到的一場馬來西亞典型的政治戲碼，和Hollywood的英雄電影劇情完全對調。這已經變成一場鬧劇，演員們都在耍老梗，不管馬來西亞人愛不愛，觀眾看膩了就七嘴八舌評論劇情。

唉，我對現今大家在戰的東西都不感興趣了，出聲只是說明自己仍活著，不出聲不表示認同或不認同，於是只好冷笑旁觀，卻有不知情人士說長道短說高傲，只好轉為苦笑。但人生其實美好，不管你今天要不要去戰，戰誰，戰什麼。

人生只有一次，如何找到它的意義，如果沒找到，我能理解大家為什麼要繼續戰，那就戰吧。我只是像比利林恩（出自二〇一六年電影《比利・林恩的中場戰事》），在球賽中場休息時反思我的過去現在與未來，或許有個人走來耳提面命地對我說：「只要找到一個超越自己的東西就行。」不管鬧劇一再上演。

木焱
二〇一六年十一月二十三日

無伴奏大提琴組曲的中場休息

Dear 邦尼：

度過喧囂與動盪的十一月，進入熱鬧歡騰的聖誕與跨年的十二月，我們在這一年裡學習到什麼，認知了什麼，又經歷哪些挫折，重新爬起來，拍拍屁股，依然懷著初衷繼續往前行？

人生的課題對我來說，有時是沉重的，當我細細回想一天之中發生的事，依稀沒有值得讓我記取的片段，如同蜉蝣，朝生，夕死。那生命之輕其實是我無法承受的。

我厭惡這樣子，我厭惡無意義的呼吸，而我卻繼續呼吸，交換著空氣中的氧氣，毫無羞恥心地大口呼吸。

我懂，創作或許能治療些什麼，讓碎裂的動作連結成有意思的片段，可以是一個巧遇，兩個靈魂碰撞激發出火花，隨後掉落在稿紙上。記錄，記錄這些擦身而過的火花與靈光，記錄剎時的一瞥一笑。可是，現在，我能記下的東西太有限了，生理上的退化，我希望有人能記下我的部分，讓我成為他╱她的記憶故事。

這個月我重複聽了巴哈的作品——《郭德堡變奏曲》、《無伴奏大提琴組曲》、《平均律》。我第一次聽到《郭德堡變奏曲》就愛上它，那是電影《英倫情人》（*The English Patient*）裡的一幕，護士漢娜在戰時的廢棄修道院找到了一架鋼琴，她便在瓦礫堆上歪斜的鋼琴彈奏了這首曲子，孰不知有顆炸彈藏在其中一支琴鍵上。

據說巴哈的某一些創作是拿來當作學生的練習曲。而《郭德堡變奏曲》則是一七四二年俄國駐德國薩克森公使凱撒林公爵患失眠症，特請巴哈作曲，以催眠之用；曲成之後，由巴哈弟子郭德堡擔任演奏，故名。然而從那時候開始直到今天，許許多多鋼琴家，卻拿巴哈的練習曲或催眠曲注入自己的生命，詮釋出不同的樣貌。

鋼琴家顧爾德（Glenn Gould）曾在一九五五年他二十二歲與一九八一年四十九歲之際彈奏與錄製《郭德堡變奏曲》，而相隔二十七年之後，兩次的彈奏長度卻不盡相同。這二十七年之中，在顧爾德的生命軸承中，多了哪些故事，留下了哪些記憶。當他在彈奏時，他是在回憶過往，還是在演譯當下，隔年他便辭世了。

人生的練習曲，不斷的在我們面前上演，我不彈奏，我的聽覺與領悟卻隨著歲月更迭而產生了變化，現在的我更喜歡「四十九歲」的《郭德堡變奏曲》。而馬友友在二〇一五年應ＢＢＣ之邀請再度演繹無伴奏大提琴組曲，在那漫長的中場休息之後，我可以感受到他對於藝術生命與人生生命更加地堅定與毫無保留。

我們在茫茫人海中彈奏著自己，讓自己的感覺迴盪在街衢，混雜在車聲人聲鳥聲風聲之中，誰將會聽到我們，感覺到我們的呼吸。茫茫人海中，我希望生命的意義能如此地輕又如此地重的傳遞下去，而不限於一本著作、一張照片或一首詩。

我們或他們持續彈奏，希望有人加入，或許變成三重奏、四重奏，變成一個爵士樂團，暢快且隨性地演奏當下的感受，活在當下。

Muyan

二〇一六年十二月二十四日　聖誕夜前夕

當我們追求愛情我們追求到什麼

Dear 邦尼：

用你最愛的一首詩來回應你對於我的現狀的想望。

你站在橋上看風景，看風景的人在樓上看你；
明月裝飾了你的窗子，你裝飾了別人的夢。

你說我是一輛沿著正軌道行駛的那列中年列車——擁有異性戀男人標準模型中的家庭，穩定工作，遮風蔽雨的房子，老婆與小孩。對，我認同這些都是標準型異性戀男子的內容，然後我不僅僅是那種男子，我不想成為這種男子，我寧願選擇歧路，那裡或許有不期而遇的驚豔。

同是創作者，或者說築夢人，你倒是應該可憐我，而不是羨慕我的。我為了扮演好一個標準異性戀男人（很多時候是被動的），必須壓抑自我——對於創作的熱情，狂傲與直來直往的個性，高標準的價值觀。

我在理性與感性之間，學習取得平衡，在平衡之上，學習忘掉自我，這樣就不會從單槓上跌落而受傷。我也學習無所謂，不必跟一般人爭辯事物的美與醜、善與惡、好與壞。我知道有一種態度叫不屑，但現在我不直接表露，我只放在心裡，期待某一天那個令我不屑的人或物會改變。我知道事物終究會被時間改變，我願意給予時間，我行走，我靜觀，我收集所有正在改變中的事物的面貌。而不是你說的沿著正軌到達表定中的下一站，那到達不了幸福，那只會滿足月臺上觀望的人眾。

所以，不必羨慕我啊，我是一列不照正軌行駛的列車，目前只在練習與熟悉人們常走的路線，哪一天出了山洞，我發現了一條支軌，我便不計代價的駛去，哪怕最後是開往斷崖。

我也曾像你一樣羨慕過別人，羨慕那些擁有永不墜落的愛情的情侶，愛情，似乎是一種很難企及的心靈感應，你抓不住他，他很快就從我們手中溜走。生活中的愛情更是奢求來的，你知道，像同性戀者的愛情就不被祝福，異性戀則勉強留住，愛情的空殼，在柴米油鹽中磨光彼此的默契與愛慕，所有丟進家這個恐怖裝置的東西都會變質。

所以，我們追求的東西多麼難以追求得到，追到時已經不是我們想像中的那樣美好。因為時間，時間是一切事物的源頭；你彼時是無用男，但一入夜你煥然成一個情慾男，在健身房展示你的肌肉和情慾。我則選擇在軌道上磨亮輪子，等待復等待，因為我知道，天一亮，那山頭或海面上射出來的光芒，便是我不顧一切的前往。

一如以往的祝福：新年快樂。

Muyan

二〇一六年十二月三十日

人生就這樣磕磕絆絆吧

Dear Benny

在上一封信裡，我們談到一輛沿著正常軌道行駛的中年列車，而當那等待已久的歧路出現時，我將不顧一切的前往。這個念頭一直縈繞著我，然後今天我突然想起美國詩人Robert Frost（羅伯特・佛洛斯特）的詩作〈The Road Not Taken〉，網路搜尋出來，重讀一遍，無窮回味。

詩的末兩段這樣寫：

Oh, I kept the first for another day!

Yet knowing how way leads on to way,
I doubted if I should ever come back.

I shall be telling this with a sigh
Somewhere ages and ages hence:
Two roads diverged in a wood, and I—
I took the one less traveled by,
And that has made all the difference.

如果時間是連接起點與終點的一條直線，我們就只能毫無選擇的，就像有人在你背後推著向前走。然而我們的心靈卻又告訴自己可以想像出空間，讓這條筆直的道路，不只被我們所彎曲，甚至進入時空的歧路，去經歷多姿多彩的風景。

是的，行走不只是為了到達，目的地只是其中一種選擇，我們可以沿路欣賞，也可以選擇駐留途中，不再往前或往回走。有時候會走錯路——我老開著車在臺北的街道繞呀繞，就算有導航仍是會走錯路——，那就一路錯下去吧。有一次要從臺北返土城家，結果居然一路開到了桃園國際機場，如果當時帶著護照，便可以馬上買張機票回鄉了。

最近有一部好萊塢電影*La La Land*（臺譯：《樂來越愛妳》），講述在洛杉磯一對男女的築夢／逐夢故事，男主角想開一間爵士樂酒吧，可以任意彈奏喜歡的爵士樂；女主角則夢想成為電影明星。但在逐夢過程中卻因現實生活而做出妥協，改變了初衷，甚至放棄理想。

那些懷抱著夢想的「傻子」放棄正軌，選擇歧路，又在怎樣的情況下做出了妥協。其實正如Robert Frost寫的詩，我詮釋為最終成果不在於目的，而是我們何時做出選擇——妥協、放棄或義無反顧的前往，管它最後是死是活。青春有限，不走這遭，可能就要後悔一輩子。

這個時候，我們決定走哪條路，你選擇了等待J的路。春節時，你說到新加坡做短暫的solo traveller，我知道你在找尋J的蹤影，雖然明知道他不會出現在那兒，正如你的刪情詩「我不知道你在什麼地方／我知道你在不知道什麼地方，的地方」。於是我寫了這首詩給你，給J，給魍魎。

年後，
你前往河畔，暫遊
沿著水你流動的腳步
一會兒踏進水窪
一會兒踩進回憶
早晨來得稍晚
其實是你沒把門窗打開
日光怎麼會放過
所有應該照射的角落
包含晦澀，我們的
魍魎就此蒸散

你沿著河畔走
聽說要去尋找友人芳蹤
但沒有地址
往前一步
卻後退兩步
他就在原地等你
說不定

你堅信
這樣的短暫旅行
能帶給你啟示
讓繁華街景映照
孤獨的心靈
從晨曦的角落，走向

黃昏的花園裡
只為欣賞
你堅信的
睡蓮
在我們都闔上雙眼之際
亭亭
盛開

我們都在路上，看著路邊的風景，路人也把我們看成了他們的風景。不管我們何時選擇走岔路，或者走完岔路之後又回歸正軌，我們都應該了然於心，那是我們自己的選擇，因為我們選擇，才讓生命有了不同的色彩和聲音。

Muyan
二〇一七年二月二十一日

時光一粲，我們皆是塵埃

Dear Benny

展信愉快。

我現在四川的內江市一間咖啡館寫信。這裡的咖啡館和臺北的咖啡館沒什麼兩樣，跟馬來西亞的義式咖啡館也沒多大差別。煮咖啡的香氣瀰漫座間，鄰桌的文青在筆記本上寫東西，不寫東西的人在翻看雜誌。落地玻璃隔絕了外頭的吵雜聲，遊客與逛街的男女老少，快速的用眼睛掃過咖啡館內的所有事物——咖啡杯、木桌椅、吊燈、沙發、書架、牆上畫像；我用筆電寫信給你，他們會以為我在辦公，寫完大概也寄不出去，還要搭一趟飛機回到臺灣才能寄給你。

寄不出去也罷，我就是寫，寫給你也寫給我寫給魍魎，人往往從書寫與訴說中回看自己的位置。魍魎書寫之中，有了各自的氣味。

這裡是你說的無「臉」之國（Facebook is prohibited），Google和Line被禁用，其他可以使用的通訊軟體與電子郵件，大概也是被監控得滴水不漏。儘管如此，這裡仍有許多自由思想的作家、詩人與藝術家；肉體可以被禁錮，但思想不能，精神可以穿越古今，在任何亂世留給後世寓言般的故事。

中國大陸持續進行城市化發展，蓋起工業園區、高樓大廈、影城和購物中心，跟我以前讀的中國歷史課本不一樣的內容和面貌。我要如何在現代都市找尋課本內的古代中國，那些颯爽風姿的文人墨客在哪裡賦詩吟唱，那落魄的杜甫睡在那間偏逢連夜雨的破屋，最後客死他鄉。

咖啡館內倒是很多文青在看書寫字，他們又書寫了什麼？在衣食無缺的年代，資本主義的現場，我真不知道大家還能用文字去抵抗什麼。書寫過去是過於矯情，書寫現在又過於安逸，書寫自己，自己和他人又何差異，不都是循著人生課表：上學考試升學畢業工作結婚生子退休老死。這過程中如果要有意外發生，那便值得書寫下來，成為你我來過這世界，並與他人不同的證據。

時光一粲，我們皆是塵埃。

當我煩惱這些無解的人生問題，我就只能喝酒，日喝夜喝天天喝，喝茫時我可以對陌生人講很多話喇賽，跟他們要求合照，我可以連結到一些美好的畫面，不管環境吵雜或髒亂，自己在一邊沉醉。我會感覺先前的問題越來越少，也沒什麼大不了，根本不需要解答，因為根本沒有答案。

等這片現代化的中國大陸夜幕低垂，我就要開始喝，聽著藍調爵士樂，這就是人生啊。

木焱

二〇一七年三月二十七日

後記／如果沒有時空

這不是一項寫作計畫，不是用創作論可以進行討論與分析的五萬多字的作品。

若以功能性來說，這些往返的文字其實就是信箋，雙方傳遞信息的取道。交換的信息很多，文學的，藝術的，生活的，精神的，規矩的，背德的，宣揚的，祕密的，討厭的，喜歡的，生死的，不知所云的。

若以文學性來說，他們遠遠不比現代散文的美，但有現代散文遠遠比不上的真。沒有人說散文一定要是美文，但絕對同意散文要寫的真，真性情，真真實實的存在感，好比我們從不避諱，一個同性戀男人和一個異性戀男人會擦出怎樣的火花。於是，我開始寫信給邦尼，他也很快地回覆，這樣魚雁往返居然就十年過去了。

若以時間來說，最早的信息始於手機簡訊，我一度把一則則簡訊抄錄在稿紙上，放在新山老家的不知道什麼地方。二〇一一年開始書信，以每個月一封的速度寫了一年，並且連載在《南洋文藝》，非常感謝主編張永修先生的厚愛選刊。二〇一四我又回到臺灣工作，我們的父親都留下了他們最後的身影，所以我繼續了自己的冒險，離開了新加坡和馬來西亞，離開了文學圈和朋友圈。唯一有聯繫的就是邦尼，我們在二〇一五年又持續通信了兩年，直到我被生活瑣事困住無法脫身，才不得不停止。

＊＊＊＊＊

我相信愛因斯坦的相對論，我也認識到時空論（Space-time theory）對我的影響，正如愛因斯坦說的：生活中，「我們所有的思想和概念都是通過感官體驗建立起來的，而其特定意義只限於相應的感官體驗本身」。我可以花很長時間思考這句話，儘管不是哲學，但他還是改變了我對人生的看法和角度。

如果我的信不是寄給邦尼，而是寄到了魍魎手中，他在他的時空讀了我的信或者邦尼的信被他所書寫，以至於當我很理性的寫信，他卻很感性的回信；當我很白話的訴說，他則很文言的感慨。有時候，我都不知道通過電子郵件的信息，在穿越時空的時候是不是就被魍魎截住了，然後我和邦尼居然是給他們寫信，我和邦尼不在同一個時空裡。

可不是，我寫信的時候他或許在蒔花弄魚，他寫信的時候我在上班，我們活在各自的魍魎中而不自知，最後整理出這些文字當作證據，證明他們和我們同時存在，從過去現在到未來，從二〇〇六到二〇一七……

如果沒有時空，我們不會相遇，在零度的場景。

木焱

二〇一九年十一月二十五日

後記補遺／他還在燃燒自己

這本書於二〇一九年底定稿，邦尼和我一起完成了校對。原本我們兩人的書信結集，計畫隔年出版，卻遇上邦尼喪母，他傷心難過之際婉拒這一次的合作，迫不得已跟出版社臨時喊停。結果，這本書稿就一直擱置在我的電腦硬碟裡，我反而整理並出版了一本「向大師致敬」的詩集《荒野地》，參加了第十六屆花蹤文學獎馬華文學大獎項目。

《荒野地》晉入決審，雖然最後沒能得獎，這本詩集對我來說是很重要的，他向陪伴我度過前半生的精神導師們致意，我的人生軌跡意外的與他們相似，甚至重疊，乃至於我一直以為自己會早死，不論像Dylan Thomas（狄蘭・湯瑪斯）死於酒精中毒，還是像藍波死於膝傷。過去的幾年我酗酒成癮，患上胃潰瘍，但離死還是有段距離。現在以後我大概不會再去書寫有關人物的作品，我也到了他們的那個死去的年齡的時空，人生體悟成了某種理所當然，也就沒有言說的必要（這些能算是生活體驗嗎）。

當我讀完馬華文學大獎的決審記錄，意外於評委們輕易的誤讀了這本詩集裡的所有詩作，評斷我的創作沒有和生活經驗連結。他們應該無法體會我一直都在路上的這些年，從馬來西亞、新加坡、臺北、高雄、麥寮、大陸江蘇、東北，這些遷移與現在流放他方的抉擇，像高更拋家棄子去了大溪地尋找藝術的靈感。我，會一直漂流下去（漂流能算是生活經驗嗎）。

他們是活在文字和學術象牙塔的學究，所有螢光幕下的名詩人、名作家、名學者。我尊敬他們，也懷疑他們的審美，他們離美太遠了，他們聚焦在作品的可研究性和故事性上面，但文學創作最大的驅動力是美。

我不需要這些光環，因為對詩歌創作毫無意義，我不需要追隨我的信徒，我需要的是一個陌生人因為讀了我的幾行詩可以跟我分享他的感受，述說他的故事，我們把酒言歡直到斷片。

我生活，在大街小巷與大家在一起生活；我生活，不透露我的詩人身分而生活；我生活，我唱歌，我喝醉，跟大家混成這個時代的想像共同體的生活。我的作品怎麼會跟生活沒有關係呢，我的作品怎麼會跟生活沒有關係呢！我自己就是一件活著的作品。

說岔了，自邦尼喪母到現在，我坐在中國大陸一個小鎮裡的陋室敲著字，又是一個三年。於是我把邦尼的文字全部移除，只留下我的去信。原本以為沒有回信的書信集，讀起來會覺得奇怪，可是重讀後卻被幾年前寫下的這些書信所觸動。正如邦尼在信中所言：

我重讀我們的書信，魍魎隨行，靈光閃現。

「我要公開這些」木焱對我說。

因為他躲藏在我體內，不知道是死是活，但我隱隱然感覺那個詩人還在，他要燃燒自己，繼續他的流浪直到光芒將他帶走。

三把火

二〇二二年九月二十五日

釀文學283　PG2881

魍魎／靈光之書

作　　者　　木　焱
責任編輯　　孟人玉、吳霽恆
圖文排版　　許絜瑀
封面設計　　王嵩賀

出版策劃　　釀出版
製作發行　　秀威資訊科技股份有限公司
114 台北市內湖區瑞光路76巷65號1樓
電話：+886-2-2796-3638　傳真：+886-2-2796-1377
服務信箱：service@showwe.com.tw
http://www.showwe.com.tw
郵政劃撥　　19563868　戶名：秀威資訊科技股份有限公司
展售門市　　國家書店【松江門市】
104 台北市中山區松江路209號1樓
電話：+886-2-2518-0207　傳真：+886-2-2518-0778
網路訂購　　秀威網路書店：https://store.showwe.tw
國家網路書店：https://www.govbooks.com.tw
法律顧問　　毛國樑　律師
總 經 銷　　聯合發行股份有限公司
231新北市新店區寶橋路235巷6弄6號4F
電話：+886-2-2917-8022　傳真：+886-2-2915-6275

出版日期　　2024年1月　BOD一版
定　　價　　320元

讀者回函卡

Printed in Taiwan

國家圖書館出版品預行編目

魍魎/靈光之書 / 木焱著. -- 一版. -- 臺北市
: 釀出版, 2024.01
面； 公分. -- (釀文學 ; 283)
BOD版
ISBN 978-986-445-872-1(平裝)

855 112016765